我和我的5個Kelvin

下

葉志偉

目録

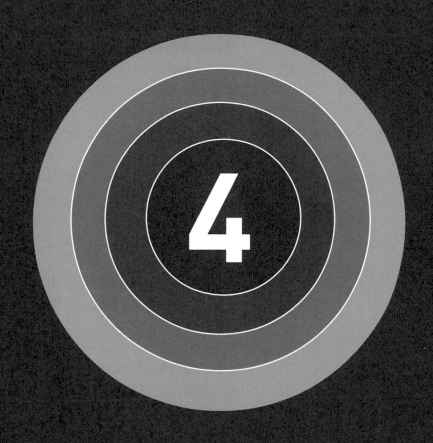

4

愛情生活在期待與回憶之間

4.1

每個人一生中，總會有一見鍾情的經歷。

雖然過程中所經歷的是無盡艱辛。

但至少我有過，所以很滿足。

因此，只要一次，一次就很足夠。

有過就很足夠！

「這幾箱都是書，很重，還有這邊有兩張海報，請小心輕放，對！對！對！這堆舊傢具，麻煩給我拋到對面的垃圾站去。」

我在客廳中間指手劃腳，指揮兼監視著搬運工人的一舉一動。「你還是先到廚房吃早餐！」Kelvin拉我回到廚房那邊去。

「好！好！好！等等…這數個透明膠箱中的全是CD，請輕手一點。」我仍是不放心，就算走進廚房範圍，仍是站穩在門口位置，一眼關七（同一時間能兼顧很多不同的事情），繼續嚴密監控。

「Leisha，你幫我捉他進去，不吃完早餐不准出來。」Kelvin笑著把廚房門關上。

Leisha偷笑：「看你這樣子，外面就留給Kelvin和Phil處理，快吃早餐。」

「這班人粗手粗腳，不好好看管不成，」打開Kelvin買上來那盒麥當奴早晨

全餐：「你要吃點嗎？我只説要奶茶，又怎地來了個全餐。」

「你這人果真是雙子座，一邊是溫柔，另一邊是狂躁，還以為這兩年Kelvin把你的病治好了！」

「嘻！我還有一邊是淫蕩，要試試嗎？你看！這薯餅都涼了，一點也不脆…喂！我剛才已吃了杯麵，快幫忙吃點，就吃這個Muffin好了，我幫你搽果醬。」搽果醬時又有點不確定地自説自話：「你説我狂躁，認真的嗎？我以為這兩年脾氣好多了，不再憤世嫉俗，不再鑽牛角尖，不再是Miranda，加上不去Sauna、沒有外遇、有男友、有份工，加上現在買樓，我自以為是半個聖人了。」

「脾氣？本性來的，改不了。不過至少不會完全失控，你記得你病好後那幾年嗎？生人勿近！而你那性饑渴程度，一整個中環的男人也不夠配給。」

「是中環的男人質素太低，」頓了一下，我又説：「是嗎？我是那樣的嗎？」

「是呀！」

「真的？」

「真的！」Leisha肯定地説。

真的？

是真的！

《Sex and the City》裡的Charlotte曾經說過：「只要三個月不性交，就會變回處女。」

而我，與Kelvin過了三年安靜日子，雖然處女是變不回來，但內裡就似是把穢衣物放進洗衣機，彷彿是一種修練，淨化了以往的種種不好，清潔乾淨，毫無污漬。

不過有些頑固的污漬，要放大量漂白水去洗，無疑，污跡不見了，可是衣服也給漂得變了色，衣物纖維折斷，衣服似是完全不同了。

我變了！

記得看過一本西洋星座命理書，說二千年起，世界大運將進入水瓶座，將會是一個創新、改革的新紀元。就正如歷史書上的記載，天地初開時總是一片混亂，改革是一種調整、抗爭，只有改變、殺死舊有老去的制度，打破傳統，方能有新開始。

千禧年，怪事一籮籮：喬治布殊登上美國總統之位，已知道沒有好結果；早給金融風暴打得喘不過氣來的香港，又來了一次科網股爆破，各行業開始推行減薪，社工行業也開始改聘合約員工兼七折支薪；喇叭褲與鬆糕鞋再次回歸；到rave party「索K」與吃搖頭丸是最新最流行的活動；離婚後的王菲，似開玩笑地推出了《寓言》專輯，與大家訴說著不可見的未來，亦是她最後一次上「勁歌金曲頒獎典禮」拿最後一次「亞太區最受歡迎女歌手獎」；張曼玉在《花樣年華》中第二次做蘇麗珍，亦憑本片拿最後一次「香港電影金

像獎」最佳女主角獎；楊千嬅憑〈少女的祈禱〉大紅，第一次獲得「叱吒樂壇女歌手金獎」，發表了她的「我乜都無，淨係心口得個勇字[1]」宣言；Madonna結婚、生子、搬到英國；Kylie Minogue鹹魚返生；Angelina Jolie以《Girl,Interrupted》及章子怡憑《臥虎藏龍》迅速在荷里活成名；《Sex and the City》推出DVD，色慾風潮正式向全球吹襲…果然，這年特別多第一次與最後一次。

水瓶座或者亦對我有影響，但這種改變，不似香港政府的重建計劃，把舊的一併清拆，然後原址重建新商場大廈，而似一些藝人，因為「化妝技巧的改善」，樣子因而慢慢地作出修正，且「絕對」沒有整容；這種改變，則從一場大病開始。

二千年春天，我因為肺結核與藥物敏感入院與病菌搏鬥，到底年輕，出了這樣大的問題，經過治療，對症下藥，身體也能漸漸康復。

治病的日子，每當我照鏡子，差點認不出自己來：臉色似個咬了一口擱在一邊的蘋果，深深陷入去的眼窩與面頰，似睜不開眼睛來看人，黑褐色的嘴唇，整個人瘦了一圈，手上每一條青綠色的血管都看得一清二楚，從前刻苦經營

1

我乜都無，淨係心口得個勇字：廣東話，意譯是：「我甚麼也沒有，只像是清兵，心口有一個勇字！」也就是她不依靠任何後台，只有一個人赤膽忠肝地闖入樂壇。這亦是香港平民天后楊千嬅的金句。

減肥，現在恨不得所有脂肪重回身上去，而且可能經過昏迷，身體上也有一兩處地方，似是麻痺了，摸上去也沒有感覺。

在醫院與家來來往往了兩個多月，到了七月，雖然身體仍然未回復正常狀態，但是實在不能再等，因為暑假來了，是工作最繁忙的時間——其實最重要的原因是錢。

過去兩個多月，有薪病假放盡，故現在只能八折支薪。到底是一個人住，哥哥亦有其家累，自己的事就應自己解決。

只怪以前錢用大了，錢除了交租與日用，都花到吃喝玩樂去，錢不夠就簽信用卡，還最低還款額，每月也是捉襟見肘。

現在八折支薪，就更是瀕臨「赤貧」邊沿，故雖然醫生叫我多放一個月病假，我也拒絕了。——誰叫我只有一個人自負盈虧！

人可說是最奇怪的動物，以前我常不願睡，夜夜笙歌，爛煙爛酒爛蒲爛玩，弄壞了身體，經過這場大病，現在我最愛的是健康生活：強迫自己早睡早起，強迫自己戒煙戒酒，強迫自己天天健身，沒胃口也強迫自己吃東西…似是要在短短幾個月裡，把健康追回來。

除了大哥大嫂常送湯水來，朋友們也功不可抹，除了經常來陪我，也會一起到郊外去，尤其是神婆Catherine，有空就上來幫忙清潔做飯煲湯，還準備燕窩，她常說：「你肺不好，喝燕窩最好了。」——這就是香港人了，臨急抱佛腳，每每一到傳染病流行，郊區比起旺角[2]還要人多。

暑假過去，雖然我仍是瘦，容易感到疲倦，但體重止跌回升，也沒有隨時隨地渴睡的感覺。

意外的收穫是過了這數月的健康生活，再加上燕窩的功力，以前因為經常熬夜引至粗大的毛孔與黑眼圈，竟慢慢糾正過來。比較正面的想法，可以是在這許多年的辛勞過後，當作是獎賞，好好休息一頓。

生病期間，我和Eric的來往變得愈來愈頻密，皆因Eric剛處於他過早來臨的「壯年危機」。

起因是公司裁員把他裁了出來，而他亦對做了多年的工作感到厭倦，想試試轉換工作模式，正計劃經營生意，因利成便，故我倆便經常無所事事，走在一起。

記得那天，大概是一個星期四的下午，我們在尖沙咀喝下午茶，談起我的舊男友Kelvin來：「他有找你嗎？」

「禮貌性地打電話來問我的病情，我又禮貌性地回應！不過就似是你們之前所說……他可能不適合我。」

「是嗎？那之後打算怎樣？」

2

旺角：旺角，香港人口密度最高地方之一，像台灣的西門町，我們有時簡稱之為「MK」。

「你看我現在這樣子，還有男人要嗎？」我説著攤開兩手，展示我那在細碼T恤下仍看得見瘦的身體。

「基佬就有這方面好，我們懂marketing自己。雖然説男人只看外表就能『撻著』（指兩人互相來電，看上或勾搭上），但我們發明了一個理論，就是每種人給他一個分類，就會立刻好看起來。」

我笑著搖了搖頭，表示不明白，他又繼續解釋他的「人肉市場學」：「以前我們討厭人肥、老、醜…黑，」説著指了我一下：「但近年開始有marketing的定位出現，肥就是肥，可是你一叫做熊，再加一些造型，就突然變得可愛可親起來；其他的比如醜，打扮得叫做有型…你看你，瘦了就反而看得見腹肌，是因禍得福，故你可把自己分類為slim fit，而且你這全天然的古銅色皮膚，我天天去曬燈也做不出來，只會出雀斑，多令我羨慕。」説著伸手往我的肚腹摸去。

我拍開了他的手，「藐」了一下嘴：「別手多多。你繞了這樣大的一個圈子，就是説我現在這樣子，還有市場吧？」

Eric瞪起了他那條粗眉毛説：「我是認真的。…你不信？後街有間Sauna，要去逛逛證實一下嗎？」

忘了告訴大家，Eric除了嗜好蒲夜店，也是「Sauna精」，一星期總有三、兩天在那兒，長駐候教。

下午四時的初夏陽光斜射到Eric的側臉上去，是典型的上海式俊男樣子，方臉，粗眉毛，直挺鼻子，高顴骨，薄嘴唇，水晶般亮閃的桃花眼，從旁邊看

是乾淨硬朗的曲線，濃髮裡滲著小量的白髮，皮膚也白，愛健身，胸脯手臂壯大廣闊，以他這副外表、身材、學歷、薪金、職位，沒理由找不到男朋友的。

我不明白，為何他也會是「Sauna精」。

「去Sauna？不過，你為什麼這樣愛蒲Sauna？好玩嗎？你就是這樣子所以拍不成拖，還是你是有『性上癮』的精神問題？」

「怕甚麼？覺得這地方不正經？……別又來甚麼要找尋愛情那一套。」

「甚麼，找個人來keep，靈慾合一，才是最高境界呀。」

「那你之前和Kelvin有靈慾合一嗎？好是一餐，不好也是一餐，不能這樣嘴刁，似是染上『性慾厭食症』。真不明你們這些年輕人，廿多歲連人也做不來還學甚麼人拍拖，就是現在給你找到個好男人，你覺得可以keep到多長？十年？廿年？你和Kelvin拍拖兩年，結果又怎樣？靈慾合一可以升天嗎？這年紀，不過一年就悶了，其實只要小心安全，還是趁年輕，多性交有益身心。到過了三十歲，玩夠了，才keep人，那時方是真正知道好好珍惜，才是實際與成熟表現。」

「是嗎？……哈！哈！哈！」聽他說罷這「人肉市場學」，有點迷惑，又句句似是真理，不能反駁，突然不自覺地楊千嬅上身，大笑起來。

Eric和Arthur同年生，都是我迷惘期的啟蒙老師，一直影響著我後成長期的價值觀。

他們都帥，可是性格與取向就有點不同：Arthur除了愛蒲愛煙愛酒愛CD，其他事宜——就是有關「性」事——很把持得住，近乎有點性冷感，白娘娘嘛！

Eric就不同了，典型的雙魚座，除了工作堅持，其他甚麼也沒所謂，愛試新東西，有很多道理，可是又經常轉換，比起我這個雙子座更飄忽，人似乎是有點懵懂，性上癮——他曾跟我說自五歲起懂得自慰（嘩！），之後，每天都至少要來一次——癮一來，飢寒交迫下就飢不擇食，可謂童叟無欺老少咸宜有教無類，上了床也不知為甚麼。加上他接受程度大，你幾乎可以和他談論所有世人無法接受的東西，比如：外星人是否存在，甄子丹是否全宇宙最好打或是林憶蓮是否知道自己是gay icon！

我廿七歲，到底年輕，自從當了「蒲精」以來，從沒有缺過男人，經過這幾個月的混亂，精力都拿去對抗病菌，當身體漸漸好起來，性慾又自動歸位，又沒有Kelvin在身邊，單單依靠看色情影帶來自行解決也不是辦法，正如他們常開玩笑說：「自慰至手皮也給磨薄了」，半夜，在一個人的四尺床上，往往會掛念起陌生男人的重量與味道來。

當身體狀況稍有好轉，Arthur邀請過我到夜店一兩次，他說：「別一整天困在家，多出去見人，就是喝杯可樂也好，好讓你重新熟習環境。」

可是我卻清楚記得，那天在酒吧裡人家看著我時……，不，根本沒有人看到我！

酒吧裡的人從我身邊直行直過，簡直似是沒有我這個人存在——我已經挺胸收腹，面帶笑意了——與從前一站出來，人家一盼三回頭作對比，我……我

之前好不容易建立的自信心受到嚴重的打擊——我變回了那不值一看的醜人？

我給嚇倒了。

經歷過這一次的大病，到鬼門關走過一遍，如果那次真的死了，還說甚麼仁義道德？

記得之前和一些朋友談過上Sauna這事，並不是個個都像Eric，甚麼事也可以光明正大地談。有些人就是去Sauna，仍要繼續清高地說：「我去也不一定有性的，有時看看電視，看看書，也好過一晚。當然，也不輕易讓人看，把毛巾包得實，避免蝕底（被佔便宜）…」一副出於污泥而不染的玉女派掌門人的清高樣子。

廿一歲，我覺得Sauna是個藏污納垢的地方，我許振球堂堂一個大好青年，為何要上去糟蹋自己？

但經過這許多年的感情洗禮，這時我覺得……我覺得一個人，自負盈虧，有一個地方可以文明地解決性慾，為什麼要向其他人交待？

看著這些上Sauna也要看書裝玉女派的，我反而覺得可恥、噁心、假惺惺。

要協調這種人心裡的性慾滿足與純情信念的矛盾，難度有如協調香港的民主黨與民建聯、台灣國民黨與民進黨、天皇級歌手的出場序、Britney Spears與Christina Aguilera的不和或是蔡依林的眼耳口鼻與胸脯。

難怪一年後我們看《Sex and the City》，大家都瘋狂愛上Samantha，有幾個人能似她，公開大聲叫：「I love DICK！」也是理直氣壯。

事實是，有幾多個人過著Samantha的性生活，但繼續出來扮玉女？

我？

看著Eric，突然間竟肅然起敬起來，誰能似他這般接受自己？

這時候，廿一歲時緊守的信念──「仍未至於要到Sauna找男人吧！」──在Eric的挑撥下，突然間都煙消雲散，也許是時候試試過一個真正的同志另類祕密生活了。

我腦中閃過之前的戀愛生涯，就似是《東邪西毒》中張國榮所説：「年輕時看見一座山，總想攀過去，看看山後是怎麼樣子的。」

也許是花心，也許是給Eric相中，有了一個男人，總不甘心，又想知道與其他男人一起是怎樣的感覺，愛情似是攀過一座又一座山。

與其這樣，倒不如名正言順？！

去Sauna真的有這樣差，壞名聲嗎？

命也沒有，還顧甚麼名聲？

我會抗拒一個去過Sauna的男人做情人嗎？

不！我不會！

我再一次向自己重申：去Sauna不等於濫交，去Sauna只不過是一個成年人文明地解決性慾的一個方法、途徑、技巧、渠道⋯⋯吧！

Yes！

都說大病之後，就是吸一口氣也帶著一個啟示。

思想搞通了，其他事情也就容易辦。

我決定我要追回以往失去的時光，不然真的要等到人老珠黃瓜熟蒂落就後悔莫及了。

不過我也對Eric的「廿幾歲不宜拍拖理論」作出一點修正：Sauna如常去，碰到有好男人，仍是會拍拖的。

「可現在，才下午四時，想去Sauna也沒有人，去了不等如白去？」我說。

「都說你是門外漢。現在這時候才能碰到另類好貨色。你看天氣這樣熱辣辣，大量你最favour的西裝友，愛上去偷懶，也最多keep了人的貨色趁這時候上去偷食。怎樣，決定要去嗎？要就快了！」他邊說邊叫侍應生來埋單。

「可別告訴Arthur他們。」心底裡，我還是擺脫不了那玉女心態。

第一次站在當年九龍區最紅的Rome Club Sauna，我第一個反應是：「嘩！

聞名已久，可地方竟是這樣子細小？」

Sauna第一個給我的感覺是暗，不單止是環境上的暗，而是心靈上的，Sauna裡似有一層霧，把一切的慾念放大，放大⋯⋯你可以毫無顧忌做盡一切在陽光底下連想也不敢想的事情。

在更衣室，我不願一副「劉姥姥遊大觀園」的樣子，就算全裸的Eric在我眼前亂走，我也只是斜瞥了一眼⋯⋯唔！心裡有數。

我們同來到大廳外面，右面是浴室與蒸氣房，左邊是黑房與卡拉OK房之類，最經典的是有一條樓梯通往下一層的黑房——後來更曾經傳出過鬼故事，一個人頭給人口交。

Eric帶我走了一圈，約定集合時間就走到浴室去。我一個人四處打探行情，正如Eric說，在這四、五時的辦公時間，也有一、二十人，這真的全是趁辦公時間來偷懶暨偷吃的西裝友？

難怪香港的經濟這樣差！

在這僅能看得見其他人輪廓的地方，外面的陽光給隔開來，欠缺陽光殺菌，四周瀰漫著消毒藥水的味道，還有我最掛念，屬於男人在性慾高漲時才會散發出的賀爾蒙味道。

第一次到Sauna，心情緊張是難免，可是我擔心的不是如何處理這一、二十個裸男，而是我自己。

20

我躲進洗手間廁格,坐在廁板上,讓心情平復,手有點抖,把手放到嘴邊,吸一口氣,戒了煙的我在假裝抽煙,我需要冷靜。

其實,我需要的是找回自信心。

我怕,那天在夜店裡,陌生人直行直過的樣子又一次浮現在眼前,今天會否重蹈覆轍?

個人不能控制的事情真叫人灰心。

離開廁格,想著剛才Eric說的「人肉市場學」站到鏡前,手撫摸自己的臉與身體,灰敗的臉色不見了,只是除了瘦,身體有點冰冷,右邊胸口與大腿仍是繼續的麻痺,可幸皮膚仍算有彈性,也的確有腹肌……入鄉隨俗,我就不把自己當成一個人,我只是一塊腹肌,有人會對這樣的腹肌有興趣嗎?

我對著鏡子說:「你,slim fit,你,腹肌,slim fit,腹肌,古銅色,slim fit……」

過一陣子的自我催眠,我來到被玻璃磚頭包圍的浴室,一看才知浴室是一連幾個沒有間格的花灑頭。

到底小時候沒有參加過任何男性團體,從沒有這種集體洗澡的經驗,大庭廣眾赤身露體?

怎辦?怎辦?怎麼辦?

當我正擔心，猶豫間，一個沒穿衣服的西裝友，「縫」的一聲，拉開了毛巾，扭開花灑，就我面前三呎不到地方洗澡，明月皎潔，正大光明。

看著他全裸的背脊，隨著動作，漂亮渾厚的背肌展現出漂亮的線條。雖然我仍是非常緊張，可是入鄉隨俗，我吸了一口氣，也乾淨俐落地「縫」開了大毛巾，站到他旁，打開花灑，閉上眼睛，任由水打落腹肌。

突然，旁邊的花灑關掉了，我張開眼睛，全裸西裝友的目光遊蕩在牆壁與我的腹肌，或者包括腹肌下面的地方，一邊在自己身上擦沐浴液。

我不是玉女派，沒有形象的壓力，看著他的舉動，也不打算作任何的閃避，反正來這裡也不就是這麼的一回事，see and be seen，和在夜場一樣，最重要的是收視率。

心裡一陣緊張，他來與不來；那天在夜店裡，陌生人對我直行直過的樣子仍歷歷在目；我要的是一點信心，一點肯定。

低下了的頭抬了起來，斜斜地看他。

這許多年在夜場，雖不能說是專業，但都能掌握吸引男人的方法。既然他都擺出一副覷覦我的腹肌的樣子，又有何難？我要做的就只是表示接受。

我也關掉花灑，浴室頃刻回復寧靜，在幾支細小射燈照射下，看見水蒸氣飄散的形狀，浴室頓變成一個舞台，台上只有我和他；這套戲，且看我們如何演下去。

我們對望了一下，又把頭看了他半勃起的陰莖，然後轉過身，擠了一點沐浴液在手心，在身上輕抹，不到幾秒鐘，我就感背脊有一雙手，輕輕放到我的背部，先停下來，我沒有反抗，手就繼續沿著脊椎一直推下去，直到雙手包圍我的臀部。我靜靜移後身體，讓兩個人的身軀緊貼，他的手劃過我的腰，來到那腹肌處，手指一下一下地撫摸上面的肌理。沐浴液受到身體的擠壓、摩擦，發出細小的「吱吱聲」，他的陰莖完全勃起，在我的臀部來來回回，手繼續往上往下走，我轉過身，也抱著他的腰，沿著他的背肌撫摸下去，可是環境太黑，太暗，我們距離又近，也看不清他的樣子，只記得他渙散的眼神，裡面看得見我同樣渙散的神色。

自生病以來，第一次有充滿力量的感覺，可是在這個陌生場地，不知下一步應該如何，這浴室怎說也是大庭廣眾，我只知the show must go on，餘下來的，怎麼演下去？

突然另一個西裝友闖進來，我倆帶點驚惶地分開，各自霸佔著浴室兩旁的花灑，那人脫了大毛巾站在我們中間，看了我一眼，又看了他一眼，然後打開花灑，三個人當作沒有事情發生，繼續洗澡，可明顯地三個人也禁止不了那充血的陰莖。

我心裡只是著急，要怎麼才能和舊西裝友繼續下去。

舊西裝友先洗好，趕快抹乾身體，也離開了浴室，我心裡想：「怎辦？」

這時新西裝友看著我，我一呆，心想：「不是吧？就是妓女接客也不是這樣的一個接一個。」又低下頭，趕快洗好，也快步離開浴室。

走出了浴室門口，就看見舊西裝友半倚在牆邊，看見我走出來，向我微笑了一下。

然後，他往前走，我跟著他，穿過走廊，來到一條曲折的黑暗通道前，伸手揭開一塊厚布簾，身影消失在黑暗中。

這就是傳聞中的黑房嗎？

我站在布簾前，在光明處估計陰霾中的情況，又想起剛才Eric給我的「Sauna攻略」：

1. 不喜歡那人，推開他，不用尷尬，你是來玩，不是來陪客，事後也不會有小費，不用每個人也招呼周到的；

2. 入黑房前，把燈打開，看看地上的床褥是否清潔，他的身體是否有明顯的「古怪」，有些人欠缺公德心，把精液亂濺，除了性病，世上還有皮膚病的；

3. 過程中請務必務必務必務必用condom，人看來清潔，不代表無病；

4. 不要企圖或意圖覺得有機會愛上那個人。

口中默默唸著「Sauna攻略」，手拉開布簾，闖進去。

霎時間未能適應黑房裡的黑暗，眼前一黑，手自然地往一邊摸索，一隻仍帶著微濕的手拖著我，我知道是舊西裝男，我記得那隻手。

隨著他的引領，我來到了一個房間，把門關上。我緊記「Sauna攻略」，正想找打開燈作安全檢查，他突然緊抱著我，第二秒鐘，我已感到一雙唇印到我上嘴巴上，舌頭伸進裡面亂攪，一手已拉開了我的毛巾，手、口……腳並用，我們雙雙跌倒在床上。一個男人的吻，已半年沒有嚐過，一陣陣快感侵襲，也顧不及「Sauna攻略」，我就和他做了。

事情完了，一如常理，射精後，舊西裝友離開得很快。

他離開，我把門關上，躺在仍有兩個人微溫的床褥上，呼出一口氣，手撫摸著自己的腹肌，回味剛才那一陣熱。

我覺得……我的底線原來可以拉得這樣低。

和男人上床，一夜情已不是甚麼新鮮事情，但在夜店裡結識，怎樣也有喝一杯酒與乘車回家的過程作緩衝。這次在Sauna和一個只見了一眼的人發生關係，那種刺激，有如第一次看《Pulp Fiction》[3]，你永遠估不到之後會怎樣，一種突發性的興奮。

我一向喜歡新鮮，又正如Eric說：「廿多歲，

3

《Pulp Fiction》：港譯《危險人物》，台譯《黑色追緝令》。總之是好戲，佔據我最喜愛電影首十位！（其餘的，有請寫 mail 來問我！）裡面 John Travolta 與 Uma Thurman 的一段扭腰舞，是永恆的經典場面！

還不忙拍拖，拍了又能怎樣？」

這年紀正是男性賀爾蒙最旺盛的時間，看見一支洗潔精也會聯想起性，衡量輕重……還是多性交好 ──原來我真還有這條神經線的！

「喂，我是Eric，今天晚上有地方去嗎？」

「沒有？怎樣了？」

「有興趣去We Club嗎？」這陣子，一星期至少會收到數個Eric邀約去Sauna的電話。

「唔……」

「怎樣，別拖拖拉拉，去還是不去？」

「幾點？哪裡等？」

就這樣，這個夏天，「Sauna攻略」溫習得極熟悉，我開始沉迷上Sauna這簡單快捷的解決情慾方法，用這方法拯救自信心。

「這實在是『淫賤不能移』……我真的估不到在這裡可以接觸到一班全新的target group。我以前都以為上Sauna的人都應該會很醜，但你看這地方，一整個California健身房的胸部加起來也沒有這裡多，實在是臥虎藏龍。這班蒲Sauna的，很多根本不曾在夜場上見過，現在才明白甚麼叫做『Too many man, too little time』。」那天在銅鑼灣We Club，中場休息時我們坐

在大廳中抽煙，我一時感觸地説。

「你還真是純情，Sauna是小兒科，這陣子開始流行ESP（藥物雜交性派對），去過才知道甚麼叫『淫賤不能移』。」

這時走了兩個人進來，一看見Eric，就互相打起招呼來。

他們坐在我們對面，足六呎高的叫Tony，似個兒童節目中老了的大哥哥，是航空公司地勤，經典式的匯豐銀行模特兒樣子，嘴巴不笑時也似在笑，雖然開始發胖，但仍看得見在健身房留下的痕跡，相信從前定必「殺男不眨眼」；另一個叫Bowie，樣子身形稍遜，和我差不多高，似是電視節目中的搞笑藝人，説話的聲音似是在恥笑，皮膚白，染金髮，顯出他那條眼眉毛特別的粗黑。

我們四個人在大廳中談起話來，Eric把我剛才的見解拿來與大家分享，我只好尷尬地陪笑。

談起，這兩個人也頗風趣，我們四個人在Sauna客廳中説得非常起勁。

Tony點起一根煙説：「ESP未必個個能接受，況且你又不嗑藥。不過，要見識也不一定要去ESP。下個月暑假完，大家趁機票酒店便宜，我們和幾個朋友約了去BKK，你們要和我們一起去嗎？」

「BKK？」我問。

Eric拍了我頭一下：「BKK即是曼谷，泰國呀！Bangkok我也有一兩年沒去

了，下個月我應沒有問題。Clive對了，你生病時，我不是有個friend幫你到四面佛祈了福？難得有這兩隻泰國通帶路，不如就一起去見識見識，還可順道還神。」

「這樣突然？泰國？會很危險嗎？聽説有人會打愛滋針的！」我説。

Bowie大笑叫著：「你別這樣老土，十足我老母，打愛滋針？生人不生膽，這Sauna不比泰國安全了多少。你還是擔心沒有男人給你屁股打『大肉針』吧！」

「是嗎？那有甚麼好玩？夢幻樂園還是水上市場？」

這就連Tony也忍不住笑出聲：「我們不是去旅行團。甚麼夢幻樂園？我一次都沒有去過。」

「那有甚麼好玩？」

Tony一副旅行團廣告聲線：「豪玩、豪買、豪食，還有那家六層樓的Sauna，看go-go boy show……你去過就知道好了，」Tony見我沒有反應，又下咀頭（幫忙遊說）：「別忘了，泰國受金融風暴打擊很大，我上個月去，一港元兌五點二泰銖呀！」

「五點二？」

Eric説：「怎樣？想去嗎？」

「我……去四面佛還神又真的很重要，你們幾號出發？」我邊說，心裡盤算餘下來的大假與信用卡餘額，眼中閃著光芒。

只要我謹守「Sauna可以去，碰上好男人也不要錯過」的原則，就應是無往而不利。

人應該是要勇敢的面對自己的慾望，既然Sauna去得，為什麼泰國去不得？

作為一個基佬，應是全面性的基佬，我們需要很多很多很多的勇氣：come out要勇氣、吻男人要勇氣、在街上拖手要勇氣，去Sauna要勇氣、camp要勇氣……我們要做平常人要做的，卻比異性戀者需要更大的勇氣。

連死也跨過了，還有甚麼好怕？二零零零年是屬於改革，變更的新時代。

勇氣……勇氣！勇氣 is a Gay's best friend！我決定豁出去了。

就這樣，我衝衝衝，竟忘記了最開始時，我找尋的是甚麼。

●

你有去過 Sauna 嗎？

有。我第一次去 Sauna 是泰國的 Babylon，看見那麼多人來來去去，覺得非常恐怖，很困擾。

我說：「你覺得去 Sauna 等同濫交嗎？」

未必！因為有些人很久才去一次，而且每次只玩一個，那不算濫交。而且濫交又不是罪該萬死，只要沒有傷害到別人和自己，管你濫交、神交。雖然我偶爾也會說：「去 Sauna 很濫交！」只是同志式的 bitch。要說別人濫交來宣示自己清高，無可否認，這個圈子也有周慧敏呀！但是都不是我的朋友。同志有少少濫交才算同志，盡本分，哈哈哈！男人不偷腥，算啥男人？

我再追問：「但如果將來你認識了一個男人，一切很好，但他很介意你去過 Sauna 之類，你會怎樣？」

叫他去死啦！海裡魚兒多的是，我不會委曲求全的。

—— 唐唐，三十五歲，馬來西亞人，媒體創作人，暫時沒有為了一隻神雕而放棄百隻野鳥的打算，繼續蕩下去！

4.2

香港人總會找到一個理由去泰國：天冷可以避寒、泰式按摩舒筋活絡、陽光與海灘大量供應、夜生活比起香港更紙醉金迷、翠華價有五星級餐廳享受、Grey Hound 與Chaps還未曾到香港開店、Habitat與Loft在曼谷有分店、三十五泰銖一碟雞飯美味可口、泰國人愛笑友善、Jatujak Sunday Market比起維園還要大、去唐人街吃平價魚翅買豬肉乾、買平價Cover Mark、Boots、Wacoal胸圍、拜四面佛有機會碰見狄波拉……由內至外，由頭到腳，在港元一兌五點二泰銖的泰國全都可以滿足你。

作為一個同性戀者，更無法不愛上泰國：不提那最終極的Go-Go Boy Bar 與色情按摩院，就只那一幢 Babylon Sauna 與每一晚都似是香港星期六的 DJ Station Disco，已是所向披靡。

當然，最令我感驚訝的是泰國人對同性戀世界的開放：Gay friendly的酒吧、餐廳、旅館、書店、時裝店……尤其是晚上在Silom，那種肆無忌憚，就更令我感慨：「出櫃第一天就應該要來了。」

泰國——如何可以不愛她！

二千年九月中，我抱著大病後「勇氣 is a Gay's best friend！」這做人新宗旨，第一次來到聞名已久，堪稱「基佬天堂」的曼谷去。

我和Eric就聯同在 We Club碰上的友人Tony和Bowie，與他們一班朋友，一行八個人展開我們的曼谷五天之旅。

他的朋友年齡層由廿多到三十多，都是「廿多歲先不忙拍拖教派」的信眾，由於他們對於我日後成長並沒有特別影響，就姑且稱他們做甲、乙、丙、丁。

飛機上，大家都非常安靜，有的閉目養神，有的看電視，我就忙著看胡慧沖的泰國自助旅遊書。

坐在Eric與Tony中間，Tony問我：「你在看甚麼？泰國自助旅遊書？其實，你只要帶著酒店名片，迷路時用來坐計程車回酒店，其餘的，有我們在，你根本不會有時間用到這本旅遊書，別浪費時間。」

我半信半疑地把旅遊書收起來：「其實，我們真的有行程嗎？」

「怎會沒行程，我保證你比上班還要忙，你還是多喝兩罐『紅牛』提神好。就說今天，到酒店已是四時，先不忙買東西，就帶你去『十一層樓Sauna』見識見識，晚上應依慣例到唐人街『南星』吃魚翅燕窩，再到對面的林真香買豬肉乾兼兌換平價泰幣；豬肉乾可以叫他們送回酒店；晚上自然是到Silom，時間早的話就先去Go-Go Boy Bar看『fucking show』，不過要趕回DJ Station，十二時正有人妖表演，然後玩至凌晨兩三時打烊，再吃宵夜，如你找到人，請自備地方。還有興趣還可以再找地方泰式按摩。」Tony說罷，看著我淫笑。

「那不就是性，吃，買，睡；性，吃，買，睡；性，吃，買，睡？」我說。

「基本上差不多，有時也希望搞點新意的，可惜時間實在不夠。別擔心，我們也會有健康活動，早上比較休閒，可以睡可以游水可以做健身，你知道這幾天的身體外型狀態很重要，趁早上要催谷⁴一下，所以我們也會吃酒店早餐的；我們住的那家酒店，吃早餐是個重點活動。你放心，我記得要帶你去四面佛的。」

「多……謝！」聽罷行程簡介，心裡一驚，這就是傳說中的「香港同志炮兵團」？你看這就是在香港壓抑過久的後果，一有機會就豁出去，不搾乾最後一點精……力，誓不罷休。

我是有心理準備而來的，就只聽這簡介，已有點心跳加速，賀爾蒙趕著分泌。

Clive，去，「勇氣 is a Gay's best friend！」

我已帶備了勇氣，可是 ──自備的安全套是否足夠？

走出曼谷機場，Eric和幾個朋友去抽煙了，我就跟著Tony到計程車站。

等候時終於有機會打量這陌生的地方，第一次站在曼谷的空氣下，機場有點殘舊，似是從前香港啟德機場的樣子。

九月天氣仍屬盛夏，剛離開空氣調節的包圍，熱氣一陣陣從腳底湧上來，但感覺卻是乾爽的。

泰國人沒有我想像的所有人都是棕黑色皮膚，很多比我還要白。大概是天氣熱，嗜辣，有

4

催谷：有些人，常常恥笑那些做健身做得超大，但走起路時笨笨的人。但事實是，做 GYM 是很辛苦的，那些健身奶粉似是油漆，你以為日夜操練就完了？不，每當你急於要把一身肌肉拿出來見人時，得馬上找個空間狂做掌上壓來「催谷」，肌肉才會有脹滿的感覺！──我這樣一說，明白催谷一詞的意義了吧！

助排毒，大都瘦身材，奇怪的是女孩子們都擁有比例很大的胸脯，走起路來有點搖擺，男人……自然有點像我；剛才在機場已有人跟我說起泰文來；都有深邃的眼窩，特別愛笑，可又都笑得帶靦腆，像做錯事的小孩子，有點迷惘，不知所措，很可愛。

上了計程車，甲、乙、丙、丁乘一輛，我和Eric、Tony、Bowie乘另一輛，Tony身高手長，只好坐前面的司機旁邊。

計程車在高速公路上飛馳，看著廣闊的天空，藍的藍，白的白，幾乎可以看到地平線的盡頭，天朗氣清，我心情大好，幾乎立刻喜歡上這裡的環境與笑容，心想這裡應是個可愛的國家。

「唉？車子怎麼慢下來？塞車？」

Tony說：「曼谷塞車是舉世知名的。」

結果車子一直開開停停的，差不多兩個小時才到得了我們下塌，位於市心中購物區Maboonkrong（MBK）的Pathumwan Princess酒店。

坐了兩小時的車，下車時頭昏腦脹，討厭死這地方了。

住酒店，自然是我和Eric一間房，Tony與Bowie一間房，我們的房間是connect room，合起來似是一家四人的大房間。

這酒店曾是同志摯愛的酒店，一來價錢不算得貴，又近最大的Siam Center與Sky Train；重點是他有設備完善的健身室與泳池，以市區酒店來說，可以

算是極為不俗之選。

一如Tony的活動簡介，來到酒店，人未坐定，就起程前往一家有十一層樓的Sauna浴室，作為我們的洗塵活動。

在香港，我開始上Sauna也不過兩個月，加起來不到十次的經驗。除了第一次在Rome Club懵懵懂懂下如雙魚座似的就與人在浴室吻起來，其餘的，我都先得觀察環境，走了一圈，鎖定目標，才一步步的拖拉進入黑房。──我必須知道和我做愛的是哪個人……Well，我意思是，我無可能知道他的性格與職業，但至少也要清楚他的樣子，所以我從來不進黑暗迷宮裡去的。

這次來到泰國，或者正如剛才Eric說：「這地方適合你解放心靈，盡管去做你平常不敢做的事情。」

解放心靈？哈！還是心靈解放不了，也可以解放肉體？來一次肉體「共產化」？──我第一次對馬克斯主義的運作有更深一層的了解。

第一次來到這十一層樓的Sauna，身為香港人的我，馬上計起數來：「要多少個基佬的高潮才能養起這個地方？……拿來分層出租應該更有利可圖吧！」

香港地少人多，所以不管甚麼地方也是「精緻」的；即是「細」為主，可是香港有些地方，真的很小，在廿一歲時和友人去過一家「山寨吧」，上月也和Eric去過一家「山寨Sauna」，八百呎的「眼鏡房」size也竟可以開一家Sauna，真有「七十二家房客」的味道。

故我這個大鄉里第一次來到這「十一樓」Sauna，嚇得目瞪口呆，看一看門口的簡介：迷宮兩大層、房間三大層，還有spa、按摩大浴池、天台日曬場、餐廳、酒吧……竟然還有電梯？

我跟Bowie說：「其實我們下次來不用訂酒店。」

換過「衣服」，約定了時間在大堂等候，好方便晚上到唐人街吃魚翅燕窩去，大家立刻散開。

我依據一向在香港Sauna的行事方式，洗過澡後，就圍著毛巾就把整幢Sauna先走一遍。

這時身體已算得大致上康復，雖有時會容易疲倦，感覺魂不附體，身上那一兩處麻痺地方依舊沒感覺，但已覺心滿意足，就算身體開始胖，之前的六塊腹肌，經不起這兩個多月的大魚大肉，又漸漸隱藏起來，我也不介意。

身體雖然康復不少，要走完這十一層樓，也是累得可以。再加上今天是閒日傍晚，人流稀疏，連同我們八個也不過二十人；每人可分得半層的地方，正如Bowie剛才說：「這家Sauna人不多，但十一層樓高，怎也得來見識見識，可是不要抱太大期望。」

最後又回到地下，看見有一個半露天的小按摩浴池，一半在室內，一半在室外，黃昏的陽光正開始照射著。

我坐在一旁，過了十分鐘，也不見其他客人，也就安心做一件想做了很久的事。

來到按摩浴池旁，解下大毛巾，來一個「按摩浴」──沐浴當然是全裸的！

我解釋不了為什麼我想在光天化日之下，帶著共產心態，在這半公開的地方裸露著身體。

天體沙灘我仍未敢嘗試，但在這個「Secret Open Area」中，目的是讓你最後變成裸體的地方，就變得順理成章。

在公開地方展露自己的胴體，需要的不止是美麗的身體，而是勇氣，對自身的一種自信。

在公開場合的自信，正是我一直欠缺，急需補充的營養。

從未在陽光下曝過光的身體部份展露在陽光下……神經線繃緊著，手不自覺地遮掩著重要部份，眼尾斜睨著大毛巾與四周環境，怕它會給風吹走，又怕有人來，一切似是一種純出於自然的動作，卻沒有人家裸體的自由自在。

到底我在怕些甚麼？

還是我的勇氣、自信、自傲還不夠，所以我未能完全接受裸露身體的自在？

Clive，人一世物一世，去，「勇氣 is a Gay's best friend！」

人在外地就自然變得開放──至少，出了醜也沒有人知！

浮到池邊安躺，深呼吸，作閒息狀，心想待會有人來到，也絕不能失禮，應

以一副滿不在乎的樣子看著他，才夠大方得體。——作這種滿不在乎狀，我懂；是一向以高貴自居「港基」的強項。

看著漸變昏黃的天色，慢慢放鬆，手往上，摸到腰間又開始積聚的脂肪，一陣安心的感覺；這是第一次因為腰間積聚脂肪而高興，因為這是健康的證明。

手繼續往上，直至舉起把頭枕在手臂上，讓我身上所有「不見天」的地方曝光。

閉上眼睛，吸了一口氣，放鬆，放鬆，放鬆……全裸在空氣中，黃昏的迷濛，蘭花的香氣、泰國熱情的空氣與傍晚的微風按摩著身體，原來這感覺也蠻不錯。

在水力按摩之下，身體不自覺地飄浮著，身體半浮半沉，陽光徹底地入侵我的身體，從肉體再到靈魂，再由靈魂回到肉體。

我似乎可以在任何地方，任何的空間，安靜又閒息地感受裸體帶來的快感。

我終於能把身體徹底解放，共產出來，就算現在有一個陌生人走過來，也能感到自在的……

一個黑影遮掩住陽光，我正打算跟著劇本的排演，慢慢睜開眼睛，來一副滿不在乎的眼神。

張開眼，眼前卻只見到一雙毛腿往上的「毛球」特寫，更仔細一點的形容，

是我見到一個男性生殖器官，像一只「皮卡丘」伏在……Tony身上，嘩！我嚇得掉進水裡！

怎料得到那「不在乎」的對象是朋友？

在自己人面前出醜，真是……

到我再次把頭離開水，已見Tony全裸的半側身躺在浴池，肉壯的身體雖在水中仍是清清楚楚展現在我面前：「你怎樣了？怎麼跌到水裡去的？」

「我……咳咳咳……」給水噎著，不停地咳嗽。

Tony的手在我背上掃與拍：「OK，OK！好了點沒有？」

好一會兒，定下神來：「你，嚇死我！」

他望一望了自己的下體：「正常大一點的size，還不及鬼佬（洋人），有多嚇人？」這樣開放，難怪是Eric的朋友：「你看你，咳嗽至滿臉通紅，要人工呼吸嗎？我學過的？怎樣，好了點沒有。」手在我背上掃……還是摸？

「OK了，這按摩池的水力太厲害，水力一拉拖，浮起來了。」我說著自然地低下頭，不自覺又往他下身看，才又補充：「的確，第一次在戶外全裸浸浴，有點尷尬。」

「是嗎？你以前沒有去過溫泉？」我搖了搖頭說：「沒到過日本，在台灣也是在私人小房中浸溫泉的。」

「我早就習慣了。不過現在有我陪你，這Sauna又沒有幾個人，就當是在台灣的私人小房間中浸溫泉，可以放鬆心情。」他的眼睛看著我誠懇地笑起來；他總喜歡把笑容夾在說話中間，然後，借著水的浮力把我拉過去，六角形嘴巴開始吻我；我如何能放鬆呢？

剛剛才解放了心靈上的一小部份，未及回味，就馬上來第二課。

我後退了半吋說：「我不需要人工呼吸！」

「你不穿衣服，it's hot！我要人工呼吸！」

Tony的技巧的確高超，一開始吻，我就無法後退──還是我根本沒有想過要後退？

他把我迫到按摩池一角，六呎高的身體包圍著，無路可退。跟著，雙手伸到我的腋下把我托起，放到按摩池邊，只剩小腿仍浸水中。

展露在空氣中的身體，欠缺了水的包圍，一陣冷，這種裸露又似乎更真實了一點，然後，他低下頭，從胸口處一直吻下去。

在一個半公開的地方，一個前俊男為你口交，你能做的除了享受這虛榮，還可以怎樣？

在快感的中途，我仍抽空問：「我有這樣hot嗎？」Tony抬起頭和我接吻，又伏下身在我胸前吸啜。

Tony雖然不再年輕，身材也開始「走樣」，是個垂死掙扎的小生，但表情仍是俊俏與誠懇的，陽光照射著他漂亮的面頰，暗紅的嘴唇與小牙齒合成的笑容，雖然有點「航空公司服務人員」的招牌式，可是又有幾個人可以抗拒一個「匯豐銀行模特兒」般的俊男的性挑逗——尤其是當你身處一個到處提醒你「HEY！HAVE SEX！」的地方，而且你又正在勃起中途。——這不是胡扯，應有科學根據的！

他抓住我的手往他的「皮卡丘」處擠去，我反射性地作出抽送的動作。

陽光斜灑在我們身上，半個小時以前，我連全裸浸浴也猶豫半句鐘，有誰會相信，現在我竟能在這「Secret Open Area」與另一個男人有這樣的親密行為，難道這才是我淫賤的真本性？

「你要現在出嗎？」Tony停了下來，抬起頭問。

「出？」有誰會在做愛中途突然問你是否需要「出」的？我在嫖妓嗎？

「是呀，是時候要集合了。而且在泰國，要留點精力，誰估得到今晚在DJ Station會否有艷遇。我們可以留回到香港才做。」我聽到他這說法，立時軟下來，這就是所謂的「約炮」？

Tony索性坐到按摩池邊，用手碰我手臂說：「你那只大犬齒好cute呀，第一次看見你就想和你做了，我們留到香港再繼續下半場，」他又看了我下身一眼：「By the way，我建議你shave一下會比較好，」果然直接，我不懂作反應，他吻了我臉頰一下又繼續：「快夠鐘集合來，一起去洗澡吧！」

只好跟著他起來，又圍上毛巾回到浴室去，淋浴後大夥兒坐車到唐人街「南星」去。

看著Tony，整個晚飯時間，食翅不知味，看著他的臉，誠懇的笑容⋯⋯

「你OK嗎？一直呆呆的？」Eric問我。

「我OK，只是有點疲倦，今天早上起得早！想回去酒店睡。」

乙搭訕道：「累？還是剛才在Sauna太盡力？」

大家狂笑起來，Bowie說：「不行，今天晚上行程多的是，打起精神呀。」

聽他們說之前在曼谷的艷遇，我嘖嘖稱奇，跟著他們嘻哈大笑。

因為只要腦袋一空下來，我就不停地想：Tony是喜歡我嗎？他說我cute的！還是⋯⋯好感就只限於肉體上？留回香港，這算是下了訂，回到香港要歸還的嗎？還是Eric的「Sauna攻略」說得好，不要愛上在Sauna裡的人⋯⋯可是跟一個做了半次的朋友同檯吃飯，總有點怪。或者真的不能一本通書看到老，可能我之前唸的「香港同性戀導論101」已經過時了。

在醫院睡了幾個月，我已變了一個保守又過時的基佬？

⋯⋯嘩！

What can I do？

●

幾年後，和一個廿歲出頭的小朋友談過曼谷：
「你有去過泰國嗎？」

有！

「你覺得基佬都會喜歡泰國嗎？」我又問。

唔……不……是所有吧！我覺得基佬去泰國（曼谷）覺得高興都是因為這地方的 gay friendly。我有個萬人迷朋友，在 PP Disco 是個個都想「上」的那種，去泰國也要叫鴨，他說：「超級 High，搞足一晚，第二天早上還會餵他吃早餐。」我覺得他要的只是一種沒有付出的感情交易。

所以泰國，我想我是喜歡曼谷，卻未必喜歡泰國的……覺得去叫鴨也好，去看 go-go boy show 也好，沒有人帶，且又熱又濕，食物相對污糟，不一定好玩。當然我也喜愛泰國，只因為她的天氣、價錢、吃、不像日本和香港的異國風情……與他的 gay friendly 無關的。

其實，基佬拍拖，應該去曼谷還是去北海道？當然是北海道浪漫好多。

—— KG，二十七歲，獨身，〔罕有與違反自然定律地〕上鏡比真人瘦。日本文化研究畢業，現職大學教授。

4.3

電視裡常有些訪問成功人士的節目，名人常說：「只要你下定決心豁出去，必定會成功的！」

錯！

人下定決心，豁出去，多數難以成功。

除非再有個人推你一把，送你一程，成功率才會大大提高了。

但也不一定會成功的！

在這個首次泰國之旅，我說得最多的是：「以前我從來沒有想過……」

坐在一間有名的go-go boy bar，亦即香港人俗稱的鴨店中。

情況有如所有在歡場電影中看過的場景，只是女人換了男人，嫖客換了我。

Bar裡播放著流行的Disco音樂，昏暗的燈光，只有舞台上是給照亮的，表演時間還沒有到，不同的go-go boy，穿著小一號的高叉內褲或是泳褲，褲上掛著一個號碼，暫時替代他們的名字，輪著走到台中央，擺著不同的pose，以吸引台下的客人。

舞台下的椅子分成三面包圍著舞台，三、四排長椅子，前面都有一條長長的檯，放飲料煙灰碟，讓侍應擺放收據。

舞台上眾星捧月，男孩們都施展混身解數，為獲得台下客人寵幸；舞台下自

然漆黑一片，客人們只看得出一個輪廓；由年輕到年長，亞洲到外籍人士都有，還有些女人。

有一兩個本來在台上「走貓步」（catwalk）的go-go boy，給人客點到台下，衣服還是剛才的「舞衣」，努力地展示他們的美麗，希望客人帶他們外出。

我記得青少年時期那個五呎四吋，一百六十五磅的我；與今天五呎七吋，一百二十磅的我……一直都沒有覺得自己好看過。

一直以來，但凡看到很漂亮的人，總覺得他們的煙視媚行是種態度，要是我有六呎高，三十八吋胸肌……我以為，美麗是炫耀的本錢。

可是今天坐在這裡，眾go-go boy努力在台上炫耀自己的美麗，不美麗也硬擠點出來，一陣詭異的感覺。

原來，拿美麗來換錢，那種美也變得俗氣。

你可以說這是一種生活，要是我也活在貧窮地區，難保我不會成為其中一員。

旁邊的Bowie說：「眼定定的，看中了哪個？」

「沒有……我想……沒有看中。」

「是嗎？我看中了那個，你看他又健碩，多毛，樣子又型，十足黑版鄭嘉穎……」Bowie和其他人交流著品質報告，而我，我剛才本來想說：「我想我

仍未至於要在這裡叫鴨吧？」可是，在這個神奇的國度裡，對著這樣的一班旅遊伴侶，我的意志力又是這樣薄弱，誰也不敢保證甚麼是不會發生的。

那天晚上，我們離開了go-go boy吧，來到DJ Station Disco玩樂。

這Disco三層樓高，不管年代，不求深奧，只播放著最流行的音樂，這樣子最盡興——玩樂中，誰有空去推敲hip-hop歌曲那些人絮絮唸些甚麼！

Disco中，大家在三層樓上上落落，脫了衣服出力地跳舞，喝酒，拋媚眼，人與人之間的距離只是汗水，於皮肉磨擦之間，不知有多少熱情給強擠出來，難怪是世界其中一個最著名的pick up place。

我忘形地跳舞，受了下午的教訓，可不敢輕易脫掉上衣，偶然有陌生人抱著我的腰在跳舞，可是我總很不自然，又偷眼看了看Tony，怕他看見。

其實，他說得清楚，回到香港只找我做愛，我到底在擔心、期待些甚麼？

或者，在這段時間，因為病，弄至面目醜陋，在夜店中人家視我如透明，給我極大的打擊，所以我特別需要這種曖昧，男人對我的曖昧。

不知從何時起，我的自信全賴於男人貪婪的目光。

自信，當然是愈多愈好。

那天晚上，除了丙，大家都沒有下文，凌晨三時打烊後，在Disco門口的路邊小攤吃過宵夜，Bowie又強迫我們回到那家go-go boy吧，對「媽咪」說著

「泰式英文」，要「黑版鄭嘉穎」陪夜，而竟然在「講價」。

我站在一邊，只覺羞家（丟人）。

人家賺點皮肉錢，也是明碼實價，只差沒印在menu上，為什麼他竟然連叫鴨也要壓價？

叫鴨已跌破我的道德底線，但叫鴨「講價」？我突然想起從前Sam和我説過的一句話：「你和甚麼人一起玩，就正正反映你是怎樣的一個人。」

現在，我是和一班怎樣的人在一起？

自Sam去了澳洲讀書，我彷彿失了一盞明燈；可是遠水不能救近火，我的迷惑……如果Sam在這裡他會説甚麼？他定必會説：「叫鴨？Fine！人各有志，可是也不至於要『講價』吧？」

問題是：最後竟給他「講價」成功？！

真是Amazing Thailand！（Amazing Thailand曾是泰國旅遊局的宣傳口號）

Bowie那天晚上在外面租公寓過夜，沒有回來酒店。

睡在酒店床上，想Bowie那恥笑般的嘴巴與「黑版鄭嘉穎」交配的情境，心裡只是浮出一句「黃台之瓜，何堪再摘」。

突然，一個人上了我的床，是Tony，他沒有説甚麼，從後抱著我，在我耳根

吻了一下，就這樣，睡了。Eric就睡在旁邊的床上。

很久沒有給人抱著睡，也就隨他。

曼谷這個地方，似乎有能力把人的壞都帶出來。

感受著Tony的體溫，我沒有性反應，心中想著今天的一切奇怪事情，十一層樓的Sauna、DJ Station的人影、舞池裡擁擠的熱汗、Sam在澳洲的生活、Tony的笑容、Kelvin的身影……我睡過去。

醒來時，Tony已不在我身邊，Eric弄著頭髮邊大叫：「快起來，快起來，吃早餐囉。」

我拿過床邊的手錶一看，八時三十分，想死：「很累，不去了。」

「出來旅行，人要合群，快起來……」他用力搖著床，我掙扎著坐起來，手掩面，定一定神：「OK！OK！你先走，我回頭下來。」

走到浴室，打算擦牙洗臉，Eric大叫：「你只打算戴著帽子和近視眼鏡去吃早餐？」

我回頭看著他說：「吃早餐，不用穿戰衣吧？」

「不成，馬上去洗澡，換好衣服，set好頭髮才准下來，下面人很多的。」把我推到浴缸那邊去：「我約了大家九時，先走，記著，快點，穿得好一點。」

洗過澡，只穿著內褲在鏡前戴隱形眼鏡，理頭髮，這時浴室門給打開，是Tony：「我的gel用完了，你有嗎？」

我有點尷尬，但仍把gel遞過給他，故作輕鬆：「你不是已下去了嗎？」

「還沒，也是剛醒，你眼睛一點也不腫，年輕真好。」

「是嗎？我是少年『收水⁵』，內部裝修，腫不起來。」他洗好手，抹乾，搭到我肩膀上，低下頭看緊我說：「不會，很好看。」說罷又一口親下來。

「你要下去了嗎？」他問。

「你先走，我還未穿衣服，待會見。」

忽然他伸手拉開我內褲的鬆緊帶，看了一眼：「還未shave？」然後鬆手，「拍」的一聲，走了。

門關上，方才回過魂來，坐到座廁上，摸著嘴角上他留下的濕潤：剛才是幹甚麼？在Disco又不理會我，昨晚在床上又這樣子，現在又這

5

收水：本來「收水」是指女性更年期後，沒有陰道分泌（我想是吧）的恥笑話語。這裡用「收水」是主角的自我嘲笑。

般，到底他在想些甚麼？

愛上我？

我不抹煞這可能性，難怪昨天晚上在Disco，有好些人對他有好感，他也沒有回應。

臉上突然一陣熱氣，於是我真的研究起要穿甚麼衣服來，一不做二不休，臨出門，還噴了香水。

來到酒店的coffee shop，甫一踏進餐廳，斜眼一瞥，登‧登‧登‧登……「有煞氣」。

放眼一看，一大個餐廳，坐了六七成人，可是「自己人」竟佔了一半以上，目光似是雷射光般射過來。這兒比起昨天晚上的gay bar不遑多讓。基佬？我不怕，在夜店還算見得少？

不過晚上是一件事，這樣子光天化日下現身，又是另一種計算。—— 陽光下，所有缺點無所遁形。抬起頭一副「我什麼都不知道」的樣子，小心翼翼高貴大方不露齒的似笑非笑信心十足地走過去，難怪Eric一直迫我沐浴更衣——Eric我算定你是好朋友！

一邊在眾人的目光中走過這條「天橋」，我懂得，大家正在打分數，我亦然。

自重病後，這次在曼谷，我正在儲蓄自信心—— 不知從何時起，我的自信全

賴於男人貪婪的目光。

來到朋友身邊，心才定下來。坐在Eric身邊，臉上感覺得到的是繃緊：「真的有這許多基佬，多得你提點我穿好一點。」

「還以為我作弄你？你看這氣勢！別以為人在外地做了甚麼沒人知。在這裡，你要是剛才跌一跤，我保證明天整個香港也會知道。」Eric言之鑿鑿，一副警世明言的樣子。

給他這樣一說，當我外出取食物時，更是不得不打起精神，同志各自蝴蝶飛舞在食物盤子間，腰板挺直，演胸收肚，眉來眼去，半笑非笑，不在話下。

Tony不知何時在我身後現身，笑容專業：「你吃這樣多？」

「可惜沒有港式奶茶，這是我每次旅行時最掛念的東西。」

「奶茶很肥……不過你有本錢。」

「這種本錢的由來，不要也罷。住醫院很辛苦的！」

「是嗎？你看上去有陽光氣息，很健康。」

「你是説我皮膚黑吧？」

「那是古銅色。」

「古銅色又怎樣？還不是一個人睡！」

「你一個人能睡？真好！不似我，沒有人抱著睡不著，一睡不好就眼腫，老半天不退。」說著，又來那個專業式笑容：「你雖瘦，但很好抱。」然後，走了。

一見他那笑容，果是國際性的大玩家，雖然專業，廉價，但久逢甘露，我仍覺頭暈。

餘下來這幾天，因為這專業的笑容，我時不時和他說些不著邊際的話。比如：

1. 我試穿新褲子時，他會走過來試身室，探頭進來：「這個好看……穿得你下面很大。」走了。

2. 晚上在海鮮市場吃飯，他悄悄在我耳邊說：「多吃生蠔，多吃辣，能挑起性慾，」然後又笑：「怕熱氣，多喝點椰青解毒。」和旁人談話去。

3. 那天去到Freeman Disco，在三樓的黑房，他突然在我身邊出現，抱著我濕吻，然後，走了。

……這國際大玩家，壞男人，明知他不認真，剛吻完我，轉頭就看見他在Sauna裡擁著另一個人進了黑房。

我不明白！

還是這是新規則，只是我落後？

我能落後於人嗎？

星期天，因明天就要回香港，依例一早吃了早餐，大家盡最後努力到Jatujak Sunday Market 殺價，T恤、香薰蠟燭、首飾……殺殺殺；雖然穿了背心短褲，也熱得全身盡濕，喝了幾瓶水也不用上洗手間，來到下午，大家都奄奄一息，癱瘓在市集中的一家餐廳中，喝檸檬茶。

「我脫水，實在走不動了。」甲說。

「我累得連東西也不想吃。」乙說。

「這麼累，晚上如何去DJ Station最後搏殺？」丙說。

「那不如走，回去酒店睡一個午覺如何？」我說。

Tony邪邪笑著：「要睡，倒不如到Sauna睡……」大家驚奇地看著他，他笑著又說：「明天要回去了呀！」

依例是兩架計程車，轉眼又來到位於Sathorn的Babylon Sauna──這已是短短四天中第二次來到。

Babylon是老大哥，地方雖沒有十一層樓大，只有五層，可是人流多，單看櫃子的號碼可以到五百，仍會不敷應用，你說！你說！

又依例大家約定時間，晚上八時在裡面的餐廳等，吃了東西回酒店換衣服去。

玩了這幾天，已是精力耗盡，戰鬥數值大降，忽然對男人失了興趣。

我洗了個熱水澡，來到天台酒吧，點一杯飲料坐到一邊，托著頭，睡眼惺忪，心裡靜靜整理這幾天，甚至由開始到Sauna到今天的事情。

我承認，對於Tony的挑逗，我受……應是說學習接受，如何和一個人只做愛，卻不放愛情進去，可又要保持朋友關係。可行嗎？

可是，回到問題根本，我現在到底想要甚麼？

無疑是大病後，和「Eric這種朋友」玩得久了，說得好聽是豁出去，找尋自我，不好聽是毫無廉恥道德。

生活不管如何，重點是在裡面自己是否覺得快樂。

要是一覺得辛苦、委屈、犧牲，就應早早離場。

可是Tony，或者是其他男人……男人，男人，基佬也是男人。我愛上過的男人，第一個Kelvin激情有趣，可這種男人大多不長久；第二個Kelvin穩定，可惜穩定的男人又多數沒情趣。現在碰上這個Tony是最恐怖類型，擺明車馬，有情趣卻不願長久只想玩樂，到底市面上還有沒有具情趣又穩定的男人？

有！──人家的老公與男朋友。

你又會怎樣選擇？

我？

不管是童年陰影，給愛人拋棄……沒有人天生是那種男人，只是你是否選擇做那種男人。

市面上大堆這種示範作role model！

倒不如同流合污。

於是，大夥兒去Sauna，我跟！

大夥兒去做body massage，我跟！

大夥兒在Disco脫上衣跳舞，我跟！

我跟！

我跟！

我跟！

爭先恐後地跟！

誰知以後還是否有機會？

本死無大害，有甚麼壞得過死？

只要記得Eric教給我的「Sauna攻略」，我是不會受到傷害的。

亦正如Eric說，廿多歲不忙拍拖，不玩過這一次，或者，這一輩子我是不會甘心的。

終於，曼谷教我整個人豁了出去，回想這幾天，不得不認，我最壞的一面終於破繭而出。我不得不認，我是玩得盡興的。

可是當我這樣決定時，心裡彷彿有一片從前很珍惜的地方，不見了，可是卻記不起是甚麼。

我看著天空由光變暗，由暗轉黑，決定放棄愛情，變成一個壞男人。

看看錶，還有個多小時才是集合時間，我再洗了一個澡，打算找個房間小睡片刻。

離開浴室，就在縱橫交錯半明半暗的通道上找空房時，經過一個十字路口，突然瞥見一個熟悉的身影，一陣奇異的味道，我停下腳步，心跳得很快，後退兩步，輕輕轉過頭，我見到他。

他高大，多肉健壯，頭髮整齊，方正臉，額頭圓渾廣闊，粗直眉毛，左眉尾間有一顆痣，眼睛不算大，但有神，在漆黑中目光直射而來，然後急變成一

個驚異的眼神，忘了笑的厚嘴唇微微張開，然後一笑，又有酒窩。——他也正回頭看我。

這輩子我都會記得這個畫面；半明半暗中的一張精亮眸子，到這許多年之後回想，都似是個夢，我倆幾乎同時走近對方，很自然地牽著手，十指緊扣，抓得對方很緊，生怕他會消失，彷彿最煽情電影小說所述：「我等了這一輩子，那人就是你。」

是，霎時間我頓時明白，愛情原來是這樣子的。

一秒鐘之間，一股熱直衝上頭頂，心跳、氣喘、眼乾……

我知道，我懂得，我愛上了他，他亦愛上了我。

我們互相沉醉在對方的氣息之中。

我忘了剛才要做一個壞男人的決定。

我忘記了Tony與其他許多男人的笑容。

只因為我見到他。

桐油埕始終是裝桐油，許多年以後，我才知道要改變本性做一個壞男人，不止要朋友推你一把，更多時候，是為勢所迫的！

你相信一見鍾情嗎？

信。很信，我所有戀情都是一見鍾情。不過，我覺得一見鍾情未必可以長久維持。因為，一個人容易一見鍾情，應該係容易愛上別人，新鮮感未必維持得太耐，而且，一開始就一百分，以後扣的分定必會多。

「那你的一見鍾情結局如何？」我說。

凡事都有奇蹟。所謂，人無十全十美嘛，扣了分，有時又可以有得加分，而且人大了就自然沒有年輕時諸多挑剔。簡單一些來說，有緣，不論如何也會成功的！

—— 陸淇，四十歲，電影編劇，與男友一見鍾情後，拍拖六年，半同居狀態，誓保私人空間（這亦是戀情得以長久保存的真理）。

4.4

Dear Kelvin:

Do u remember me?

I am Clive. The guy u meet in Thailand.

How r u?

And let's c when will u have a flight to HK and we can meet up sometimes.

So.I am waiting for your reply!!

From HK late night

Clive

PS : It's so silly sending this mail but I really can't sleep last night.

I can't forget your beautiful eyes.

What I know is I miss u, I miss u and I miss u.

Dear Clive:

I always remember you too.
Thanks so much for your mail.
I really glad to receive it.
It made me feel like you have a good memory with me.
Now, I just fly back from Korea and will be on duty to
Nepal on this weekend.
I don't have the flight to HK.
If I get it, I will let you know, OK?
The attachment is my photo taken 3 months ago.
Hope u like it my dear.
Take care

Kelvin

這是我和Kelvin第一次的通訊，我覺得要原汁原味送給大家；但這到底是本中文小說，放心，以後的都會翻譯做中文，雖然我可能譯不出Kelvin，這溫柔穩重的泰國男人給我一點一點細膩的情意。

「喂，今天晚上甚麼時候下班，要去Sauna嗎？」是Eric。

「昨天剛回來，你不累嗎？」

「怎會累？你未老先衰！」

「去了這一次，存貨出清，可以停工一個月，不去了，你自便吧！」

「賤人，將來有需要不要求我。Bye！」

對！我從曼谷回來。

人是回來了，可是心仍在彼方。

那天晚上在Babylon Sauna，自我和Kelvin牽著手進了黑房，就一直吻，一直吻，到完事後仍沒有停止地接吻。

做愛過程中，只是一個呼吸，我就能感到他的需要，相反亦然，一切動作都似是經過緊密排練般完美，好像我們分享著同一條神經線。

我們喘著氣，但仍繼續親吻，彷彿不用呼吸似的吻至缺氧。

但最終，我們都離開了。

根據不成文規定的「Sauna攻略」，一離開了黑房，就理應各不相干。

來到光明處，我們的手終於分開：「對不起，我真的約了家人晚飯，但我們交換e-mail，繼續聯絡好嗎？」

我拿著他寫下電郵的半張紙，看著他離開。

看著那半張紙，我才知道他的名字：Kelvin……我心裡狂跳。

我心跳，並非驚奇，而是一種確定；彷彿，我註定了要愛他！

餘下來在曼谷這半天，不管晚上到DJ Station Disco 還是早上吃最後一次早餐，或是Tony看我微笑再次吻我或是抱著我睡，我都不再感到興奮，一整天都是傻愣愣的。

理智上，我告訴自己，這是不可能的，因為我在Sauna結識他，我所知道的他：泰國人、空中服務員、細絲一樣的皮膚、攝人的眼睛與名字叫Kelvin；就是這樣，如何能夠在一起。──雖然那是一次good sex，不，GREAT SEX！

人怎能為了GREAT SEX而愛上對方的。

況且，我的本性是渴望愛，很容易愛上人。

從前在夜店，看上一眼，樣子不太討厭，就可以帶回家上床去。相識後要是

人家再對我好一點，細心一點，就馬上拍起拖來，以為這就是戀愛。

可是這次，不同的，不同的，真是不同的！

這輩子從未有過這樣激烈的戀愛感覺，見過他之後，我的心，空蕩蕩，無依無靠，彷彿被淘空了。

現在只要一閉上眼睛，就會記得那天在Babylon，看著他離開的情景，看著剛才還在手中的人離開，就像靈魂一部份隨他走了。

回到香港一天，對著桌面清理文件，鬱悶異常，自我大病後，也常常一副呆呆的樣子，現在又有泰國手信（伴手禮），同事們吃著豬肉乾，不太理會我。

我一直無法忘記他那閃亮的眼睛。

為解這鬱悶，晚上，我獨自來到了九龍城吃泰國菜，吃出一身臭汗；香港的熱就是與泰國不同，又霉又濕。

回家後又想，不能這樣子精神恍惚，總得有個了斷，就發一個電郵過去，三天內不回覆，就把他寫給我那張紙拋到廢紙箱去。

怎料，第二天回到家就收到他的回覆。

Dear Kelvin:

我真沒有想過你會回信，我的確很驚喜。雖然事情有點古怪，但因為我很想念你，所以我接受這「怪事」。

這輩子第一次感謝有電腦這個發明。你送給我的相片，看起來就似那天的你，雖然動作有點古怪，可是一雙眼睛仍然很漂亮，當然你的人也很好看。

對了，我只知道你是做空中服務員，能多說一點你的事情嗎？

想念你的Clive

PS:我沒有數碼照相機，等過兩天朋友把泰國的照片給我，我再寄給你。

Dear Clive:

剛從尼泊爾回來，很高興又收到你的信，雖然沒有你的照片，但你的樣子我仍然記得很清楚，泰國很少有這樣漂亮的人。

我父母幾年前因意外過世了，現在和哥哥一家人同住，另外一個姐姐住在美國。其實我有一半中國血統，因我母親是中國人(可是卻不會說中文)，所以那天你才會說我不太像泰國人吧。

我今年二十九歲，六月五日出生，在中學後到美國讀大學，主修工商管理，回到泰國時，國家經濟不太好，於是我考空中服務員，那年有二千多人報

名，只錄取四十人，我很幸運入選了，就做到現在，都七年了，不過這份工作不能長久的做，希望三十歲前可以轉行。

你呢？你的家庭又是怎樣？你又做著甚麼工作？愛哪一個明星？幾時生日……我是否問得太多？我實在想知道多一點關於你的事情。

我休息兩天後，會飛到倫敦，希望出發前能收到你的電郵。

想念你

Kelvin

Dear Kelvin:

現在每天回家第一件事不是開電燈，而是開電腦看你的電郵。

說起來真奇怪，我和你是同一個星座，只是比你小兩年零兩天，不知兩個雙子座走在一起，會否如星座書所說一樣，一切快得像風，像流星。

我家是很普通的香港家庭，父母也是不在了，有一個哥哥兩個姐姐，全都結了婚，但只有哥哥在香港，所以我是一個人住在一個小小的地方，裡面擺放著我最喜愛的東西：CD、海報、小說……現在多了一樣，就是你的相片。

至於工作，我在大學主修社工系，畢業後就理所當然地做了社工，每天面對黑社會、吸毒、不上學的青少年，看著他們，我會感到可惜，可是人往往是

這樣，看著別人的壞，才會更加珍惜現在自己的生活。

當然，你的工作自然比我的精彩，每天到不同的地方工作，看著美麗的風景，如果我不是個大近視，我想那年畢業，我也是會去投考空中服務員的工作的。

雖然很想寫下去，寫下更多我的東西，好讓你更能了解我，但卻不想妨礙你休息，我等你的回覆。

在香港的CLIVE

PS1:在泰國的相片隨電郵附上。

PS2:我們這樣繼續聯絡下去……會有好結果嗎？

Dear Clive:

想不到在出發到倫敦前可以收到你的照片，和我記憶中的你一樣的好看，你拍照的Noodie，我也很喜歡到那兒吃東西，讓我們下次一起去吃東西。

想不到我們的生日會這樣近，那將來我們可以一起慶祝生日了。

你的工作十分有趣，但相信每天面對這樣的環境，會十分辛苦，你要好好保重身體。

看到你最後的問題，出發前，有些東西我想和你說清楚，其實有關我的戀愛生活，這輩子我只拍過兩次拖。第一個男朋友，是我在美國讀書時結識的，我們一起四年，之後我回來泰國就分手了。第二次，就是這公司的一個同事，我們在一起三年，大概半年前，我發現他和第二個人來往，於是我和他分手了。

可能你不相信，我喜歡男人是個祕密，哥哥姐姐當然不知道，朋友間亦只有三個比較親近的才知道。所以，我很少出去玩，第一次到Babylon，是半年前和男朋友分手時，朋友叫我去了一次，那次我只是呆呆地坐著。

而碰見你是第二次，那天我下了飛機，感到很悶，放著姑且一試的心態，一個人去了，沒想到天讓我碰到你這樣的一個好人。

我並不是一個隨便的人，老實說，我一向有很多人追求，他們只想和我上床，但我不喜歡一夜情，所以都推掉了。可是這個星期，不知為何我心裡只是一直想起你，也曾夢見過你。

如果不是掛念你，喜歡你，也不會每天和你通訊。你是否喜歡一個在這樣遙遠地方的我呢？要出發去倫敦了，等你的回信。

希望你也能夢見我的Kelvin

收到Kelvin這封信那晚，回到家已是十一時，見到這看似老套，卻很真誠的字句，我有點不知所措。

老實説，我只懂得激情，説話刻薄也漸見成績，花言巧語則是剛剛足用，但這種綿綿情話，平常想也不敢想，何況是講出口？

可是每每看著Kelvin信中的柔情蜜意，叫我非常受用 —— 誰不喜歡有人逗你高興？

對於Kelvin，我手頭上的資料就只有那天在Babylon匆匆的一個多小時相處，然後就是這個星期與Kelvin的電郵來往。

我不知道他寫的是真還是假，理智上，我當然會想，他有説謊嗎？

沒有人需要花這許多時間，去騙一個十萬八千里以外的人吧？

我真的愛上了他，一個泰國人，一個我只見過一小時的泰國人，愛情就是這樣嗎？

至少電影中經常有這樣的情節。

一般的愛情關係中，最重要的是期待，不是回憶；但往往我們得到的，只是回憶，沒有期待。

現在我和Kelvin有著最浪漫最長的「期待」，一切由幻想出發，很浪漫，很舒服，可是這種香港叫LD的long distance relationship長途戀愛，自然以期待為主。

LD！LD！可是，我聽過很多特別愛老外的朋友都異口同聲説：「難！」

LD真的很難有好結果嗎？

我們的愛情會有回憶嗎？

我自問：幾時變得這樣婆媽了？

想了一天，第二天晚上回到家，我回了信。

既然是愛，總有解決方法。有得愛而不愛，會受天譴的！

我不懂綿綿情話，只好把真相告之！

Dear Kelvin:

多謝你的回覆，我知道難，但我也承認，我是很喜歡，很掛念你。

雖然我也和你一樣，今年才第一次去Sauna，但我和你有點不同，經歷過幾次不堪的愛情，我做過好人，也做過壞人，結果我對愛情有點失望，本來這次我來曼谷，是想解放自己的，誰知碰到你。

今天在回家的車子上聽到一個香港歌星王菲的新歌，是國語歌〈新房客〉。這歌我聽了一段時間，我國語不好，可是今天突然聽到她唱得很清楚：「有人在嗎　／　有誰來找　／　我說你好／你說打擾　／　不晚不早　／　千里迢迢　／　來得正好　／　哪裡找啊　／　哪裡找啊……」

對，你來了，我也來了，一切剛好，是緣分，今次你走了，我不知到哪裡才能找到你。

情況雖古怪，但也不罕見，我也沒有試過這樣子，但事已到此，為何我們不試試戀愛？

不試過這一次，我不甘心，你亦不會甘心，對嗎？852-9XXXXXX，這是我的電話號碼，也給我你的電話號碼，待你回到泰國，我想和你談一次。

希望你在往倫敦的路上平安

期待你的Clive

「喂，失常了嗎？在泰國回來，不是發呆，就是突然傻笑。」Arthur問我。

回信後第二天是星期五，是來到97酒吧的gay night，一班朋友下班後，依例在這裡集合。

「沒有，想起些好笑的東西，就突然笑起來了，沒甚麼特別。怎麼了，其他人一個都不見？」

「別拉開話題，笑甚麼？有話好說，別等大家來到時要我大迫供。」

「其實沒有甚麼，只是想起在泰國時的一些好笑事。」

「是嗎？有多好笑？」

於是我隨便抽了件在泰國的趣事，當然是「叫鴨講價」來說。不知為何，對著Arthur，我很少隱瞞，不過，可能這一次連自己也好像有點不確定，所以就顧左右而言他。

「怎樣也好，最近見你的心情好多了，面色也沒有之前的可怕，大家可以放下心。」

「對，我病後才發現開心最重要，所以你不發現近期我的照片都笑得很開心，不似從前般黑臉嗎？」

「開心是不用説出口的！」

「是！對了，今天早上到胸肺科診所覆診，醫生説情況不壞，應該多吃兩個月藥，就可以停了。」

Arthur與我碰杯：「恭喜。那即是好了嗎？」

「其實早好了，不過肺病比較麻煩，好了也要多吃幾個月藥，怕細菌不清。」

「不過吃藥，又不用戒酒，也不算太麻煩吧！」

「你不知道了，這藥吃下去，人似是虛虛浮浮，情緒不穩，而且面色也不大好。」

「別賴藥，你一向是這個臉色。那病好了，有打算拍拖嗎？聽Eric這賤人說，最近你們經常出入Sauna？」我做了個不置可否的表情，他又繼續說：「別聽他說太多，他的腦筋也不太清楚，玩玩是好，可是做人總要想清楚甚麼最適合自己。」

「知道！多謝家姐！」我大叫。

這時，他男友Ambrose來到了，想不到他們這樣就三年了，我？原地踏步，一切從新開始。

終於，電話響起來：「喂？聽不到，大聲一點！」

「我們要出發了，你起行了沒有。」是Kelvin的聲音。

「快了，我坐計程車，定必比你快，放心。」

「別拖延。」

「待回見，不說了。」我掛上線，轉頭向Leisha說：「喂，他們要出發了，要下去坐車囉。」說著，我又看了舊房子一眼。

「怎樣？不捨得？」

我點著頭說：「這兒說好又不是好，壞又不算是壞，卻好好歹歹住了廿多年，現在說要走，總會有點不捨。」

「你似是在説你的舊男友。」

「是説你的舊女友！」

Leisha覤了我一下：「怎樣？要站到門口拍最後一張嗎？」

我站到門前，Leisha拿出相機又拍了幾張，才把門關上。

然後，我們帶著胖貓技蘭，踏著來到的路回去，誰又不是這樣子。哪裡來，就從哪裡回去。

只是，回去時，我們已不是來的那個人。

「喂？喂？大聲一點，聽不到！」我邊説邊來到97的門口。

「Clive？」那聲音，我停了一下。

「你是Kelvin？」

「對！我在倫敦，剛看到你的電郵，我等不及回泰國，就打電話過來給你了。」

站在97門前，我呆了。

●

要實行 LD（Long Distance Relationship），
是否真的很困難呢？

難過單身人士抽夾屋[6]！

但又試問，長途的短途的中途的⋯⋯哪一種關係真正容易過？

並非犯賤的故意追逐天涯海角式的愛情，只怪地球愈來愈小，感情線愈拉愈遠，今次是香港到三藩市，下次可能是香港仔到天水圍。有次在波士頓下定主意結束一段苦纏了好幾年的 LD，然後獨個兒到滿地可散心，卻又在路上展開另一段沒完沒了的 LD，命帶 Mileage[7]，沒話說。寬頻、視像、Google Map⋯⋯都是 LD 的催情劑，讓我們暫忘一刻距離，誤以為看得見便是捉得到拿得住。

LD 也可以很窩心，在那個還未流行 MSN、Skype、話音和 Live Cam 的 90 年代，有次和美國男友透過簡漏 IM 談心，為了同步聽罷一首歌，決定各自在屏幕上一邊打上歌詞，一邊提示對方調校歌速，直至兩邊歌詞完全同步為止。那一刻從未如此親近的同步，竟又諷刺地源於距離。

或者每段關係也該留一點白和距離，讓我們有足夠空間理清到底真正惦念的是什麼，愛的又是什麼，而不單單是一種習慣、一種方便，或是習慣了的方便。

在那些牽腸掛肚的 LD 日子，總愛這樣安慰和催眠自己──枕在身旁的又如何，同床異夢才是世上最難熬的「長途」關係。

—— 梁兆輝，資深唱片騎師和主持，音樂走遍世界，情愛也涉足南北半球，為 LD 儲下的 Mileage 該足已環繞地球三周。

6 抽夾屋：亦是香港政府的「德政」之一。夾屋，全名是「夾身階層住屋計劃」，專為那一種買不起私人樓宇可是不夠貧的「中產人士」購買的房屋。可是這類房屋名額不多，彷似是要參加大抽獎般，抽中才能購買。自從 2003 年 SARS 襲港，所有樓市有跌無升之後，這計劃已取消。

7 Mileage：飛行里數呀！為了飛，我現在買一捆蔥也會簽信用卡，以求盡快儲夠里數，外出遊玩去！

4.5

半年不到，我就背叛了Eric的「廿多歲先不忙拍拖教派」。

因為，我戀愛了。

站在機場接機大堂，見Kelvin拎著一個旅行袋步出，深藍色制服、健康膚色，走起路來瀟灑自然，亦復穩重，看見我，輕輕淺笑，白牙齒配上那對可愛的酒窩，不忸怩做作；我有點自慚形穢，趕緊拉好衣服。

上次見他是在Sauna，今次光天化日，都說日與夜是不同的！

他一看見我，便馬上道歉：「Hi，Clive，對不起，我等同事先離開，所以遲了。」說罷，輕輕把我抱著，我矮他半個頭，臉貼在他肉肉的胸口，心跳加速。

從沒有想過會得到這樣接近完美的男朋友，完全是我在幻想中形容的白馬王子、西人說的dream man、台灣人說的天菜。

感覺有點虛浮，如夢似幻，似是虛不受補，虛火上升：那天在Babylon碰到的真是他嗎？

甫見面，我們兩個話不多，可是字句都寫在臉上，看得出，大家都緊張又激動。

說到底，我們雖然做過一次愛，吻了一個小時，又用電郵電話溝通了一個多月，可是這才是我們第一次相處。—— 除了日與夜，做愛與相處又是截然不同的事！

坐在機場快線列車中，我們沒多說話，只是悄悄地拖著手，他的手大而厚，可不粗糙，Kelvin保持著那快樂的微笑，都是航空公司的訓練，相比起Tony那專業化的笑容，這帶童真的笑就更顯得難能可貴，尤其是那酒窩：「你肚餓嗎？待會到了酒店，先帶你吃飯，想吃些甚麼？還有，想到那些地方去？」

「對不起，我這次只能留一天，明天晚上要回去了。」看得出他的歉意。

「你早說了，因為你是高級員工，大多是飛長線，很少來香港，對嗎？」我笑：「你來了，我就很高興。我明天請了假，你想做甚麼也可以。」

「隨便吃甚麼都可以，我只想見你。」我們的話不如電郵裡面多，可是一下車，都不自覺地急步，似乎我們都很趕；我知道，我們在趕甚麼。

來到房間，門一關，終於這世界只有我們兩個人。我們就是趕這一刻，只有我和他，他和我！

「快收拾，和你出去吃晚飯。」我抬起頭，手抱著他。

「好的。」然後，就吻了下來。

我和他的時間彷彿都是偷來的，一見面，誰有興致吃飯？一切不假，他吻下來，嘴巴的位置剛剛好，就知道是他。我們的舌頭攪拌著，手腳並用，他扯開我的背包、T恤、牛仔褲，我的手指靈活地一粒粒解開他恤衫鈕扣，一股熟悉又叫人興奮的味道；我整個人壓在他身上，從他不太明顯的喉結親下去，又是那如絲質般的皮膚，冰涼，幼滑，叫人精神一振，他的身體絕對不

是肌肉型，但肌肉細密，有彈性，吻下去卻有質感，感覺樸實不華，每一吋都是精華，扯下內褲，他硬了，光線下的男性器官暗紅如血，他弓下身笑起來：「我還沒有洗澡。」

「我不管。」親了一下，爬到他身上去：「你幫我脫。」他反身半挨在床頭，頭髮亂七八糟，但依然好看，他彎起一隻腳，讓我倚坐在他大腿間，然後一連串地從前額眉毛眼皮鼻子吻到腋下再到……地老天荒。

我們坐在浴缸裡，暖水包圍著我們，他粗壯的手臂包圍著我。高潮過後，用這方法鬆弛最好。

「甚麼時候了？」我問。

「剛才進來時看，大概十一時。」

「十一時？九、十……我們做了兩個小時？」

「大概……我從來不知這事可以做這樣久，但感覺很良好。」

在水中，他把我抱得更緊，水「吱」的一聲，從我們的皮膚間擠出來，濺到他臉上去，濕潤了的頭髮絡絡的貼在臉上，似個傻瓜，我大笑。

「你餓嗎？」

「傻瓜，你呢？」

「怎辦？仍有東西吃嗎？」

「這是香港，甚麼時間都有東西吃，你想吃甚麼？」

「吃你！」

「別煩，快說。」

「這次調更 [8]，我只想見你，吃甚麼我沒有所謂。」

我帶他到了酒店附近一家茶餐廳吃宵夜，然後到便利店買了一大堆東西帶回房間。

我們一整晚赤裸著身體喝紅酒、做愛、看電視、說心事，做著一般情侶常做的事，可是對我們而言卻是難得的。

看著他，捨不得睡，我們的身體沒有一刻是分開的，變了隻雙頭怪物，幾乎把這過去一個月的思念與鬱悶一掃而空──我們想把廿四小時變成廿四天。

「你為什麼會愛我？」他問。

「你為什麼會愛我？」我反問他。

對於一見鍾情，起初兩人還有點忌諱，我不信以他的條件會愛上我；同樣，他亦覺得我這樣在泰國少見的英俊男人，也不見得會愛上他。

然後經過這數小時相處，我們知道彼此的一切，不管是說話、行為、想法、喜好，只說一半，對方就會毫無難度地替他完成另一半；就似是傳說中所說找到自己失去那一半時的喜悅。

Kelvin就是我的另一半，他，令我變得完整；我，令他變得完整。

「對！差點忘記了，」他從隨身小袋中，拿出一件東西來：「送給你。」

是一個黃金做的心，用一條銀色小頸鍊穿著：「I have a heart of gold！你戴著，那我的心便常在你的心旁邊。」

那個金心與銀鍊的確……不漂亮，可是配著他那一句話，多肉麻！—— 金心與銀鍊立刻變成無價寶。

以前，不管從小說、電影、真人聽到這樣一句對白，我定必會這樣罵，可是原來人真正活在戀愛中，一句：「我的心便常在你的心旁邊。」又算得上甚麼？更肉麻骨痺的話我也說得出口。

不過，我不教你們。

說笑，和大家這樣熟，又怎會吝嗇這東西。

有關窩心肉麻的對白，其實……其實，只要你碰上了那個人，這種話，不用思考，自然而出，面不紅，耳不熱。

我的手摸著掛在胸口前那個心，吻了他額頭一下：「差點忘了。」也從袋中

拿出一對戒指來。

我把小的那隻套到頸鍊上，和那個心並排，再次戴上，「噹」的一聲：「這是上次在泰國的Sunday market買的。見到上面刻著羽毛的圖案就喜歡，買了一對。買時我想，如果有一天碰到一個對的人，我會把它送出去。」我看著他問：「你願意戴嗎？」我另一隻戒指在他手上面試，結果戴到他中指上去。

「是中指，看來我要求婚了。」他笑得很甜，我吻了他戴著戒指的手：「這是我這輩子第一次送戒指出去，不管以後如何，我也知道這選擇是正確的。」

Kelvin嘆了一口氣，我們心中同樣都知道，一個泰國人，一個香港人，三個小時的機程，似活在兩個星球，這段感情要如何才能維繫下去呢？

說到這裡，我們兩個靜下來，看著香港的天慢慢亮起來。回到家，又再次收到他的電話，他正準備上機工作。

掛線後，我回想過去廿多小時相處的時間，最後大家作出的承諾，幾時他來香港一次，幾時

8

調更：即「調班」。有些工作是論更制，假使你想調換工作時間，就得找人與你調更了。

我到泰國見他，我也學他，嘆了一口氣。

他一走，激情過後的一個人，就更覺是一個人了。

「喂！Phil？怎麼了？」

「明天晚上去PP？大家都去？反正都好久沒這樣人齊，好的，一起去吧！」

Kelvin走了，但我在香港的生活仍在，家庭工作朋友，沒有了這些，我就甚麼都不是了。尤其是朋友，自我獨居兼一場大病後，朋友已是我的家人。不見家人是不精神的，故一個星期總有四五天外出，今天和凱西一班lesbian吃飯，明天和Arthur逛信和中心CD店，後天神婆Catherine要來我家留宿，星期六和阿德帶我和Phil到深圳按摩……年輕，都不用睡，天天見面，好不熱鬧。

「喂，你好嗎？」……當然還偶爾有些男人出現。

「誰？」

「我是Tony。」

「Tony？OK！記起來了，Sorry，電話中你的聲音有點不一樣。」

「明晚有空吃飯嗎？」

我震驚，他果然記得我們的做愛約定；竟在回港後一個月，大概沒有再在

Sauna碰見我，若是以往，我定必趕著答應他。「公司積壓了很多文件，還是不出去了，再約OK？」

Tony掛上線，我鬆一口氣，說到底我對六呎以上的俊男，這才是第一次毫無難度下Say No！── 我覺得自己很有型。

於是我的生活就這樣子定下來，和Kelvin每天通電郵，間中談一個簡短電話；和朋友仍是Arthur一班見得最多，逢星期五、六例必夜蒲，Rice、PP，有時去rave party，只是已沒有和Eric去Sauna了；凱西和Leisha也常見面，凱西正計劃另起爐灶，自組公司，她做的事我不懂，做做跑腿，搬運重物則遊刃有餘；Phil他們比較少見，但也常通電話……至於性需要？我有大量四級VCD，真是多謝翻版商。

沒想到大病之後，不到一年就翻身了，人生真是未到結局，不知結果。

●

LD 要怎樣才能維持長久，修成正果呢？

我認為 LD 一定不會有好結果；除非有其中一方願意讓步，兩個人的居住距離是 within driving distance，才能有好結果。

你看我和他，若當年不是他放棄了一切，搬來香港，我們早就分手了。

—— John，三十九歲，時裝設計師，2009 年與在英國邂逅的澳洲籍男友結婚，婚後同居於香港。

4.6

自Kelvin十月來港之後，我們確定是戀愛了。

我們都相信這是緣份，不然兩個人怎可能碰得上呢？

每天下班回家，已不用看VCD解悶，因為寫電郵已變成我每天的習慣，我把電郵變成日記，把每天發生的事情告訴他；這是第一次和男朋友有這樣深入的思想交流，從他的回信中看得出是經過仔細閱讀我每一個字才回應，而每每一個細小的地方，都繼續是情意綿綿。

要說的話實在太多，一封電郵往往一寫就兩小時（寫這樣久，當然包括查字典、保證文法不能有錯誤；你怎能令一個你愛的人發現你串錯生字，用錯文法呢？），我樂在其中。

可是我卻有一個奇怪的想法，可能是基於Eric所說的「Sauna攻略」，我不敢和朋友說起這段戀情：

首先，是覺得事情古怪，在外國的Sauna識人而戀愛，怕其他人笑我無知；

其次，就是LD戀愛，有戀愛與沒有戀愛，基本上是沒分別的，我仍是一個人吃飯，一個人見朋友。

最奇怪是我從沒幻想過拖著Kelvin見朋友的畫面。

這段感情，到底是我的擔憂根本從來沒有解決過，是各界友好定必反對，還是我對這段感情根本就不確定……如果Sam在我身邊就好了；這傢伙說去澳洲一年，現在於彼邦找到工作與男友，就不斷拖延回港時間；我是可以和他

説所有事情的。

Sam從來不批判我，只會罵我——我受這一套！

可是估不到和Kelvin的蜜月期竟這樣短。

二千年的聖誕節前，心情極壞，剛開始停吃肺病藥，藥物引致的脾氣不穩似乎有好轉，但我個人引發的脾氣卻沒有減少。

終於，爆發點來了，是個出問題的聖誕節。

每逢佳節倍思親，我有強烈渴望男朋友在我身邊的慾望，因為……因為……因為是十二月、天冷、聖誕音樂、除夕倒數、party、交換禮物……和朋友見面，看著凱西和Leisha、Phil和西班牙男友、Arthur和Ambrose、A與B、乙與丙……平常不大覺得，現在，那些拖著的手，異常礙眼，雖然我仍口口聲聲的說一個人很開心很快樂，但是不用明眼人，也知這是自我安慰的說話，誰不渴望愛？

「我和Leisha在廿五號和一班Les friend有party，你要參加嗎？」

「喂，廿六號在我家，帶一份一百元以下的禮物來開party……應該有很多獨身漢，來看看有沒有好男人。」

「廿六號晚在九展（九龍灣國際展貿中心）有rave party，大家一起去玩通宵，要來嗎？早訂票便宜呀！」

拍拖的朋友沒有忘記我，我依然有很多約會，可是廿四號仍然懸空。—— 本來並不是懸空的！

十一月就計劃好，Kelvin也說定聖誕節要來兩天。結果聖誕節前個多星期，他送電郵來說未能調更，聖誕節還要飛到印度去。

看到那封電郵，我氣得甚麼似的，兩個月的期待變成空。

作為一個明事理的男朋友，應該這樣想：他是工作，要明白事理，不可投訴。

可是在情感上，我的寂寞全力爆發，轟！轟！轟！—— 這樣子下去不是法子，我開心的時候他不在身邊，我不開心時他不在身邊，所有感覺、愛意、怨恨都得打到電郵去，等一天後才收到回覆，等到情緒過了期，有誰願意愛人長期不在身邊呢？

這樣下去，我真的受不了，這段感情真的如此受不起考驗？LD真的這樣困難？

我不知道，我需要冷靜。

於是，我在互聯網中消失了。

Dear Clive:

我已兩天沒有收到你的電郵，你還好嗎？我很擔心，是為我不能來香港的事

生氣嗎？

若可以，我願意立刻來到你面前，說很多次對不起。

很擔心的Kelvin

Dear Clive:

已經五天了，你還好嗎？

剛從韓國回來，又看不到你的信。我不知怎樣辦才好。

Love Kelvin

Dear Clive:

一星期看不見你的信，我知道你為何生氣，我真的沒法子。正如開始時和你說過，我並不是一個容易和別人戀愛的人，只是碰到你我似是失去了控制力。

這次真的是我的錯，不應在事情沒有確定前告訴你，令你失望。

你可以原諒我嗎？

等待你的Kelvin

過去這個多星期，一直看著Kelvin的電郵，不是不痛苦的。

因為深愛，所以痛苦。

可是，又能怎樣，為什麼我不是泰國人，他不是香港人，為什麼要給我碰上一個這樣一切完美，又愛我又情趣又長情又……

可是錯了地方的人？

Dear Kelvin:

或者你說得對，我是生氣，但其實只是生氣了一個小時，之後的是唏噓，我們是這樣的愛著對方，可是我們都明白，這個時候，不管你或是我都無法放棄工作，沒有工作，又怎能生活。

你記得我和你說過想和你一起看雪景、一起跑步、一起煮早餐、一起到日本看櫻花、穿情侶裝行街……雖然我仍有很多很多事情想和你一起做，可是世界是現實的，而現實是殘酷的！

我很愛你，但是我們還是……你以後不用再送電郵給我了。

謝謝你的愛。

也很傷心的Clive

那天早上在公司送了這封電郵出去後，打了一個電話：

「喂！Eric，今天晚上要去Sauna嗎？」

「賤人，回復正常了嗎？都說桐油埕裝的始終是桐油，你逃得到那裡去！」

的確，我還逃得到哪裡去？

那天晚上，我和Eric來到當年銅鑼灣最火紅的Sauna We Club。

洗過澡，下身包著一條大毛巾，呆坐在一旁，看著來來往往的人們，突然遠處看見一個人；舊情敵，那個在律師行做法律助理的「驕傲的阿傑」。

他比我大了著實好幾年，仍是那副方正臉，可是那往上看的眼睛已隱隱有下墮之勢，兩邊臉頰也受不了地心吸力的糾纏，結構開始鬆散。

老！有些人是愈老愈好看的，可惜不是他。大多數人，年輕好看皮膚結實有彈性的就是那幾年，等得到皮肉下垂，一切已來不及慨嘆，就兵敗如山倒。

看著他，我想起第一個男友髮型師Kelvin來。

當年廿一歲的我總以為廿七歲的他，定必思想成熟，但看看現在廿七歲的我，還不是一般的迷惘與無助。自與他分手後，每每想起他，總是禁不了的恨，但突然間，我似是放鬆了，不再討厭、憎恨他，甚至有點諒解他當年的行為。

因為了解，所以慈悲。

還以為長大了，原來我們只是住在成年人軀殼裡的小男孩。

我們全都是小孩子！

小孩子，小孩子，做錯事你只能打他一下屁股，又怎能怪他？

驕傲的阿傑消失在漆黑的房間裡。生命是人來人往，只是年輕時碰到的無非是男人；突然一隻手按到我肩上去，是Tony：

「Tony？Hi！好久不見了。」他果然無處不在。

「怎麼這許久不見你？以為你都不認識人了。」

「工作忙⋯⋯怎樣？Bowie有來嗎？」

「他要工作，你怎樣，好嗎？」

我站起來往前直走，他跟著我，我們邊談著，邊找了個房間，進去，關門，做愛，反正我只是要一個男人抱著我。

過程中他充滿熱情，「皮卡丘」橫衝直撞，我在感受夠一個男人的味道、體溫以後，馬上離開，來到洗澡的地方。

熱水衝擊著我的身體，心想：我來，是為了散心，解悶，現在目標達成，為

什麼我仍舊鬱結難解？

「要一起吃飯嗎？」估不到Tony早就洗好，在浴室門外等我。

「我和Eric一起，沒所謂。」到現在，我真的沒有所謂。

三個人坐在銅鑼灣翠華茶餐廳，我話不多，聽著Eric和Tony談著最近的人肉市場行情。

忽然間，我覺得自己離這個世界很遠，三個月，彷彿就住進古墓裡十八年了，可是我竟一點也不覺得可惜。

別忘記，我叛教了！

「喂？找誰？」

「Clive？我是Kelvin。」我的心停下來，耳畔嗡嗡作響。

「你等等我，我到靜一點的地方去。」我跑出翠華餐廳門口，深深吸一口氣：「你說。」聲音已有點哭腔。

「Clive，這幾天我過得很辛苦，相信你亦是一樣。如果你覺得和我一起已沒有感覺，那就不要理我，就讓我自己一個人傷心。但如果你仍是愛我，就一定要接受我道歉。我愛你，但如果你不愛我的話，這愛還有甚麼意思呢？你和我都是可以說要拍拖，就有人追求的人，但那是不一樣的，那愛是不一樣的。我……」

那天在電話裡，Kelvin之後説些甚麼，我記不清楚了，因為我根本沒有聽進去，其實由聽到他聲音的第一秒，我知我是無法離開他的。

這一切是命，我這輩子從沒有碰上一個會説綿綿情話，行為浪漫的男人；以後，每每記起他的溫柔體貼，方才對那句：「不在乎天長地久，只在乎曾經擁有。」的廣告術語，有更深的體會，所有等待也不再是委屈；我心甘命抵。

回到翠華，Tony問我：「有要事嗎？怎麼剛才那樣緊張，現在又突然間容光煥發起來？男朋友？」

我藐著嘴，語調輕挑：「有男朋友還用在這裡跟你們吃飯。要走了，回家準備明天的聖誕大餐。」最後也忍不住笑了幾下，Eric習慣了我的突然轉話題，Tony似有點大惑不解。

飯後，Eric回中環，我和Tony一起乘地鐵，一路無話，直至他開口：「是我很令人討厭嗎？」

突如其來的一問，反而給嚇著了：「為什麼這樣問我？我和你不算很熟，沒資格答這問題吧！」

「是嗎？」

「我以為你不會care人家是否喜歡你。」

「每個人都care，只是有否表現出來，與看看那個是誰。那你愛我嗎？」甚

麼？愛？我抬起頭看著他，不明所以，他低下頭在我耳邊又說：「我覺得你很cute，第一次見你就想和你keep。」

「Keep？你是指open relationship？我不能的！」壞男人keep人都是這樣子，吃在嘴裡，看著鍋裡；先keep一個，讓感情有了寄託，然後又再出面胡天胡地……現在我又不是一樣，還沒有和Kelvin攪清楚關係，就和別的男人做愛了。

「誰說我可以？你以為我是這樣的人？」我點了點頭，他皺著眉繼續說：「多去Sauna也不代表可接受open relationship。我常去，只因為找不到合適的人，可又有性需要。沒拖拍，與多少個人上床，也不算是錯吧！」

「那我是適合你了？」我想起Kelvin，正如Tony說，現在我有男友去Sauna，就一定是錯？

今天晚上這事還是不要告訴Kelvin，他純品，大概受不了。

Tony又來了那副專業式笑容，可是那笑臉中竟有點苦。

若是未碰見Kelvin，或者我會立刻答應，馬上帶一枝牙刷到他家過夜去，可是當你試過真正的愛情後，你會知道，他並非愛你，只是需要你，然後以為需要就是愛。

我搖了搖頭：「我暫時仍未想拍拖。」這藉口似出自七流電視女藝員口。

「Fine！那有空來我家過夜，或我可到你家；我問過Eric，知道你是獨居。」對！就算得不到愛情，也要得到那過程，這才是我認識的Tony！

「讓我考慮考慮吧！你call我。到金鐘站了，要轉車，再見。」我下了車，在月台邊回頭看，他正向著我微笑。

發生甚麼事，突然這麼多人跟我示愛？

這時，我想起自己對Kelvin和Tony的態度，的確不同，要是一年前，我對著這種六呎高的俊男，我就只懂：「是！是！是！」怕人家要走了，不愛我。

世界輪流轉，大病後第一次感到自己重新做人，但這仍是我嗎？

回到家拿出久沒使用的塔羅牌，一揭，「命運之輪、愛人、女皇」，似乎我轉運了。

我站在鏡子前看自己的樣子，大病後，第一次發現自己容光煥發，臉色桃紅，想起數月前在夜店裡，人家把我如鬼魂般看待，視而不見。

現在我的自信心回來了。

原來愛情對人是這樣重要，這一切都是Kelvin給我的，我要信這段愛情，盡力而為，能走多遠就是多遠；以後，不能再到Sauna去。

Dear Kelvin:

剛放完假回到公司，靈魂仍與你在一起，神不守舍，就有人事變動。

復活節假期後，我的舊老闆升職，調到其他部門去，原來的職位由一個女同事升上去。不過這女子，是個賤人，人懶，很懂計算，不願蝕底，國之將亡，必有妖孽，看來公司會有一陣子大亂，請祝我好運。

或者我情願給你種降頭，讓我可以不顧現實，立即拋下一切移民到泰國，做甚麼都好。雖然我大概只能做go-go boy，那時你會來買我出街嗎？哈！

農曆新年來到泰國，只能和你相聚三天，實在有點失望，不過這倒好，一個人逛了很多地方，買了很多東西，泰國的設計與顏色運用實在開放，誰想到可以用螢光橙做file？

今天Eric問我四月潑水節是否去曼谷，那段時間你能留在曼谷嗎？

農曆年間的天氣實在冷，又想起在泰國的溫暖；明天是情人節，先祝你情人節快樂。

永遠愛你的Clive

PS:現在每次看到那次我們用寶麗萊相機拍的裸照，都很興奮，給你的那張，請好好保存！

Dear Clive:

那張相我放在很祕密的地方，我只在想念你時拿出來看看，可以嗎？

潑水節，我會有兩天在泰國，你會和朋友一起來，要介紹我認識嗎？

另外有個好消息要告訴你，之前不是告訴過你，我到了一家國際性的鐘錶公司面試，似乎表現不錯，下星期有機會第二次面試，如果成功，我就可以不用做空中服務員，要你常常擔心，而且生活也可以有新轉機。

祝情人節快樂

Love Kelvin

Clive:

死仔，如何了？怎麼這許久收不到你的信？是人間蒸發還是終於病死了？

好消息，和男友分手了，所以我決定回來，大概一個月後，訂了機票再告訴你，回到香港再跟你詳談。

新年快樂

Sam

好了，好了！普渡慈航回國，我有救！

●

你能接受 open relationship 嗎？

No！因為坐這山望那山，最終只會一事無成，一段關係是需要公平的。你對人怎樣，人家就會怎樣。我不會想最愛的人也背著我，幹令我傷心的事，相反亦然。此及「己所不欲，勿施於人」之理。

—— 陳大B，三十二歲，教師，近三十歲才有初戀，初戀關係一直維持到今天，正計劃同居中。

4.7

和Kelvin一起不經不覺八個月，維繫這段感情的方法，除了每天通電郵，就是他有工作時來香港，或是我飛去曼谷。

真老套的橋段，記得香港流行移民那幾年，看著身邊的情侶，因移民而分開，分隔兩地一直等一直等一直等，等到天色昏暗愛情變淡，然後……分手；有的等了三、五、七年，回來後發現兩個人都變了，有分手的，也有堅持結婚的 —— 不然那幾年的等待與盼望豈不變成毫無意義？

這故事發展似乎一步一步的套到我與Kelvin的故事中。

「Clive，老老實實，你是不是偷偷娶了個泰妹，不然怎會一年去四次泰國？」某天午飯時，某男同事問我。

自去年九月初見他，到零一年五月，短短八個月，去了泰國四次，錢和假期總有用完的一天，我不敢幻想那一天的到來：「大病前也有想過儲蓄，現在想都沒有想，錢儲了又帶不進棺材，加上你老闆 —— 少女魔童上任，天天站在我背後偷聽我和client說電話寫報告，看她那張四十扮十六的乾檸檬臉就頭痛，倒不如旅行去，少見得一天得一天；不過，這次……可能真的過去結婚。」我樣子認真地回答。

「哼！」同事一哄而笑，知我是胡吹，我就更說得天花亂墜，從他們的眼神中，看得出他們知道我這大話很假，可是又沒我的法子，難道可以指著我腦袋說：「別裝了，你這個死基佬！」

在一個地方工作了三、四年，樣子不壞，性格不差，人工不低，沒有女朋友，就算很man，也絕對會惹人懷疑；何況同事知我愛到中環蘭桂坊、做

facial、上健身房、懂得分辨啡色與杏色……和有點camp。

某天開會中途放小息，只剩我與少女魔童在會議室，毫無預警下對我説：「Clive，你知我是基督徒，因為我的信仰問題，所以我不能接受同性戀的。」

我定眼看著她：「OK！但……關我甚麼事？」

「XXXX（廣東話粗口，門字部，最粗俗那種，不能刊出，但大家心裡有數就好，請見諒！），狗口長不出象牙，人家同性戀，她一個人討厭就是了，怎會拉到耶穌身上去？關她甚麼事，要告她連同她的教會歧視嗎？」Sam勞氣大罵，我在一邊大笑：「我這一行有六成是基督徒，又有愛心，所以保守派人士居多，怕我們茶毒下一代，在很多人的概念中，『攪基』等同……等同吸大麻、加入黑社會之類，叫做學壞，『你呀，竟然學人攪基？』，而在他們的認知中，所有基佬也是會攪小朋友的；真不明白為什麼我小時候沒有人攪我？Anyway，我聽慣了……你呀！我都未生氣，你氣些甚麼？」

這八個月中，Kelvin也有新發展，終於轉了工，不做空中服務員，就等同減少來香港的機會，見面就更難。

這兩天，性致高昂，昨天晚上忍不住打電話給他，他工作忙碌至連phone sex的時間也沒有，怎辦？

明知他忙，手忙腳亂地找朋友（有時是Sam、凱西、Arthur或是Phil，當然絕對不能找Eric，一找他，無論開始時是做甚麼，結局總是到Sauna去！）出來見面，制止了下班至晚上睡前這段性慾高峰期，不用又到Sauna或是找

Tony上床的危機。

可是忍得了一天，兩天……十天，我總會到那地方解決性需要。

雖然每次高潮後，我的心都會禁不住的難受、自責，可是難受、自責，又不能減少對性的渴求，結果我還是會去；似乎，我對性慾開始有恐懼症。

我開始明白為什麼會有紅杏出牆的淑女，這種事，別起頭，一開始了就沒完沒了。

「難為你仍笑嘻嘻的。」Sam皺著眉，一臉氣憤的樣子。

「我開心呀，有人這樣想，不覺得很好笑嗎？而且世事公平，因為她老公很醜。」我笑嘻嘻的。

「唉！這事情很嚴重，你不覺得嗎，波波？」

「我自然知道，可是要吃飯總沒有錯吧？不計那信用卡欠款，我的大學生借貸還有一年才繳清，又要開飯，男朋友在泰國，在這樣的條件下，歧視是不會在我身上出現的。況且，我從不良青少年，即是我的client身上學了一招，不論任何事，就算明知那是事實，給老師店員警察捉著，人贓並獲，只要死口不認不認，多拋兩粒眼淚，人家也沒你法子。故我們應該慶幸，回歸後香港尚算民主，法庭仍看證據。」

Sam回來了幾個月，不知是澳洲水土礦物成份過重，令人內臟燥熱，還是受了外地教育，還是他因為失戀而回來……總之，他性情變得更「率直」，有

話更直說，據理力爭。可是對著我這個「軟皮蛇」，一副「弱女狀」，見他生氣就扮無知，往往聽我的回答後，大笑起來。

「我看，大概你自行開一個劇團，壓力太大了。怎樣一切順利嗎？」

「有人資助，開始排戲，你說好了將來要幫忙的。」

「說是就是，別煩。」

「且不要說我那一筆，你那個泰國白馬王子如何了？」Sam還是比較緊張我的感情生活。

「沒有甚麼如何，老樣子，不過復活節前他換了工作，在一間鐘錶公司做marketing。他從沒有做過寫字樓工，好像蠻忙碌的。上個月潑水節和Eric到泰國見他，他要到深夜才能下班，『做』完回家睡覺，我似是高級應召牛郎。」這陣子，只有Sam與Eric知道我在泰國有一個男朋友。

「怎樣牛郎法？」

「好像是去見他的目的就是為了做愛，做完想談話，又睡死過去……不過他的樣子的確是累的，雙目無神。」

「你別投訴，在香港你還不是間中有去Sauna？自己挑的，有甚麼好怨？要是那時我在香港，一定禁止你浪費時間。我就是活生生赤裸裸血淋淋的好例子，出發前也說不要和外國男人拍拖，一拍，就浪費了時間，為他留在那邊當售貨員，現在我回來了，也不見得他會追過來香港。」

「那你是愛他的？」

「愛？不愛為什麼做這許多事？有我這個慘案在前，你呀，找了一輩子也是錯的男人。第一個Kelvin是right man，wrong time；第二個是wrong man，right time，現在這個right time，right man，可是wrong place，你幾時可以同時過三關，拿個大獎威給我看呢？」

「現在不開始也開始了，而我又著實愛他，一看見他的信，聽到他的聲音，看到他的人，就整個軟化，怎辦？胡亂在香港找個男朋友……還是繼續玩下去？只得死馬當活馬來醫了！」

當真矛盾，不管是愛情或是工作，腦中都有一大堆解決不了的問題，想不到我是自制力這樣差的一個人。我實在對不起Kelvin，可是又有甚麼解決方法？

有時也會想，Kelvin寂寞時，有和其他人上床嗎？老實説，這情況下，我是會接受的，到底我不在他身邊。其實，我們是不是已暗暗地展開了傳説中的open relationship，開放性關係？

難道，這段感情，正如Sam説，一開始就是錯？

路是只有一條，不管往上還是往下，一踏上去，就得走下去。

大病以後，我開始發現生命中，能控制的事情愈來愈少。

我曉得愛情不能控制，但至少工作能夠控制，但原來很多事，付出多少努

力，總會悄悄地不依原定路線圖走。

我疑惑、無助，一邊在想是否要轉工，又是否要與Kelvin……分手？

矛盾，矛盾，認真矛盾！

雖然我的新上司少女魔童與我不咬弦（互相看不順眼），但是我又確實享受每天與人稱「不良青少年」打交道，在一般人眼中他們很壞，我卻覺得他們比起很多所謂好學生更純真。

雖然和Kelvin分隔兩地，但是只要一見到他，那深情與溫柔，連同兩個人之間的默契，又的確是很多情侶所沒有。

在這諸事不順的世界中，就只有我的朋友給我支持，於是我更不想叫他們擔心。

可能是這樣，我叫自己要堅強，雖然年輕，到底大病後身體還是比較虛弱，易累，我開始找來維他命丸靈芝蟲草之類，早上放一大堆進口裡，別又病了叫人擔心。我漸漸變得倔強，裝「弱女狀」玩玩就好，在人家面前總不能示弱。

生病時，朋友才關心我；現在好了，為了報答，就算心情如何不好，生活中如何不順心，也要活得比以前更快樂。

因為病，上班時我要比以前更能幹；因為病，和Kelvin要愛得更轟轟烈烈；因為病，我更要顯得精神奕奕，心裡愈不快樂，反倒笑得更響亮：「我好開

心呀！」成為我的新口頭禪。

我甚麼都沒有，就再不能失去一絲一滴的東西。

以為就利用這些大大的笑聲，一句句：「我好開心呀！」就能瞞天過海。

其實身邊朋友早覺得我愈來愈有問題。

我終於修成正果，說話尖酸刻薄，變了個操控狂：「你看你看，最怕這種情侶，在這樣窄小的路也死要拖著手來擋路，難道分開三十秒就會分手了嗎？」、「嘖嘖嘖，Eric，人家才十六歲，簡直還沒發芽，小種子一顆，也和他上床，你是戀童癖嗎？無恥！」、「別煩，別煩，明天晚上統統八時在銅鑼灣泉章居集合，許先生十二位。」

這種操控狂，在工作上面對那些不良青少年，也許有點行得通。

「如果要我和你拍拖，你是這樣的一個control freak，控制狂，我是受不了的。」有天晚上Arthur跟我說。我心裡自然反對：「怎麼會？」

我並沒有說出口，晚上回到家好好反省——我是control freak嗎？

結論自然是：不！Arthur有這樣的看法，或者是他對我不太認識……對！一定是這樣子了。

反省是反省了，可是我的操控狂行為仍是持續下去。

Dear Kelvin:

今天一起床起就收到你的電郵，我十分開心。

等不及明天早上踏上飛機，和你在台北會合。雖然只是短短三天，但可以離開香港和曼谷，沒有工作，沒有朋友，就只有你和我，我就知道這是個值得令人期待的假期。

不說了，今天晚上有一大班朋友和我一起去卡拉OK開生日派對，這輩子從沒有辦過甚麼生日派對，我相信一定會很難忘。

明天你會先到台北，我們在酒店見面再談！

愛你的Clive

對！我這輩子從沒有辦過甚麼生日派對，向來生日不就是幾個要好的朋友吃頓飯，可是今年⋯⋯

「Arthur，今天晚上有多少人會來？」

「大概廿多三十人吧！」

「這樣多？訂的卡拉OK房夠大嗎？蛋糕夠吃嗎？」

「夠！放心，你問了很多次了⋯不過很多人說帶朋友來，我依照你的吩咐，

跟他們說想來就來，不過，這許多人你不認識，這party還會好玩嗎？」

「你年紀大，上了岸，就忘記了以前，去party愈多陌生人愈好，不然怎樣找男朋友？來跟我慶祝是假，說到尾不就是有個party好溝仔，夾錢也是應份的。」

「好！多人熱鬧，最緊要開心，對嗎？」

「當然，哈哈哈！」

去年得了大病，現在好了，應該好好辦一次，當是籌謝各界過去一年的愛護，或是我想知道自己有多少個朋友。

說穿了，其實是我欠缺安全感──我要數得出的安全感。

凱西一班女同志友人，對大型基佬派對沒興趣，故約好從台北回來了才吃飯。Phil他們一班和Arthur他們不熟，也會另約日子。

於是……

來到卡拉OK，一如以往，有人先來，有人早走，出出入入，大概來了三十人。從十時開始，一直開始唱歌，喝酒，說笑話。

雖然有很多人我也是認識不深，但是看看我──我是個最稱職的活動主辦人，穿梭在一群又一群的朋友當中，如魚得水。

可是漸漸地，感到氣氛有點古怪，一種不安的感覺。當我和新朋友喝酒談笑

唱歌時，看見Arthur一班比較熟悉的朋友，一堆一堆聚起來，遠睽我一眼，又繼續說話，起初我是估計在切蛋糕時，可能有甚麼怪招要作弄我。

可是，切蛋糕時，又不覺得有甚麼不妥當，依樣是切蛋糕喝香檳唱生日歌送禮物，Eric還大聲說：「三個月前Eric生日會，八個朋友出席，今天Clive Hui生日會，有廿多人，你們對我不公平！」我們都笑起來，突然腦中閃過一個畫面。

記得當初透過Arthur認識這一班朋友時，覺得他們很有性格，就算是老朋友，也各不相讓，一有說法不同意，就會當面「辯論」得面紅耳熱起來，對目標人物群起而攻之。

我記得他們說過，曾經為了有人打麻雀「牌品」不好，即場推牌打架，幾年沒見面；也曾試過為了一些個人價值觀不同而e-mail罵戰，我在一天內收過八十六封reply mail；還有……還有……

可是……可是就是有點不妥，我估計，他們對我當晚的表現有點不滿，可是，到底不滿在哪裡呢？

為什麼沒有人出聲告訴我發生了甚麼事情？

離開卡拉OK，我趕著回家，準備明天坐飛機到台北，沒有留下繼續；離開時，氣氛出奇地靜，大家禮貌地吻過面頰，我坐在通宵小巴上想：也許是我多心，想錯了！

這情緒一直困擾著我，留在台北三天，雖有Kelvin相伴，我們洗溫泉、逛

街、吃飯，足七十小時在一起，但也是沒精打采，每天睡醒，我總是發現自己抱得他很緊很緊。

回港一個星期，包括Arthur、Eric及其他人，沒電話，沒電郵，沒吵架，沒通知，沒ICQ留言，沒有結案陳詞，我肯定，和Arthur已經絕交！？

這事到現在有時我也會問，到底發生了甚麼事情？

我放心機時間在友情上，比起愛情工作還要多，可是為什麼會有這樣的結果？

唯一一樣以為可以控制的東西──友情──也失去，我以後還可以依靠甚麼信念走下去？

這件事，比起入醫院半年的打擊更大，生病終可以治好，或是治不好，死了就當是解脫。

然而，我還活著，個多月後，在GYM裡碰到Arthur。

他精神奇佳，小眼睛炯炯有神，狹路相逢，又沒正式說分手，總得打過招呼：「Hi，你轉了來這間GYM嗎？」

他只牽起上唇，讓人看得見他那細小的牙齒假笑著：「剛轉來，原來你也是這家嗎？」我記得這笑容，那時和他一起外出，見到一些「渾人」，就是這副嘴臉。

「你這運動褲，真花俏！我……」我找起話題來，然後藉這機會，或者可以

和他坐下來詳談；我很珍惜每一段關係。

怎料他笑得更厲害：「我這是好看，你不懂欣賞……」邊說邊走了。

多年後，有時發夢也會看見這張笑臉，被歸入令我驚醒的惡夢一類。

雖然我身邊還有Sam、凱西、Leisha、Phil或是其他朋友，但這件事對我打擊最大。對我最殘忍的就是發生了甚麼事情也不讓我知道，彷彿就似我生命中最重要的東西，就似是媽媽或是嫲嫲，突然離我而去。

現在坐在我對面的「好朋友」，自中學就認識的Sam、一出道就成好朋友的Phil、第一個紅顏知己凱西……，我一直依賴而生的這些友情，會不會都是假的，終有一天也會捨我而去嗎？

為什麼不給我一次解釋的機會？

晚上睡在床上，我堆了幾個枕頭毛公仔之類上去，還要開著收音機，這樣擠擠迫迫的，才能安睡──我覺得自己甚麼都沒有！

在這個我最想找一個男人依靠的時間，Kelvin如果你能在我身邊，抱著我，就算一句話也不說，那是有多好。

最終這件事，因為我覺得自己醜怪失禮羞辱，因為這是我的過失，所以我只一個人解決，沒有告訴任何人，包括Kelvin。

告訴了他又如何，他能幫我甚麼？

於是，二零零一年的暑假，下班回到家，我再提不起勁每天寫信給Kelvin，提不起勁去Sauna，更莫說是去夜場，我怕碰見Arthur一班人，就算和其他朋友見面，也遠離同志出沒區域，我最好的朋友變成無線電視所有劇集的主角、《Sex and the City》的四位女士或是《Six Feet Under》中住在殯儀館的一家五口，半夜再聽到杯碟移動的聲音，我不再怕，反而覺得有一種親切感，似是一種安慰，或者除了家人，我是沒有權要求其他人做甚麼的……包括Kelvin。

回家，我要回家，可是到底我的家在哪裡？

Dear Clive：

考慮成怎樣？我那時在加拿大，你說怕悶不肯來，現在我又來到澳洲工作，大家姐和我家只距二十分鐘車程，你要過來走走嗎？

今天跟你大哥談過電話，他終於願意放假和你大嫂來澳洲走一趟，不過你知道他不懂英文，所以最好你帶他們過來，怎樣？自嫲嫲過身後，我就沒有見過你了，難得我們幾兄弟姐妹濟濟一堂，好好夕夕，九月請假來一次吧！

盡快給我回覆

二家姐

看見這封信，我對著媽媽的照片說：「媽媽！……！我答應妳們，這次我去，我一定去！……還有，我從此不再搞生日派對！」

「出發了嗎？真的不用過來幫忙？」

「不用了，你昨天也很夜才離開。我和Leisha剛到新居，等著搬運公司的車子來到。今天都要收拾東西，然後有些傢具送過來。現在Phil和他男友去了幫我買電腦，有Leisha在這裡就夠了，總之你們預house warming買大份禮過來就是了！」

「OK，那我去GYM，有需要開口吧！Bye。」

掛上線後，Leisha問我：「是Kelvin嗎？車子到了嗎？」

「是Arthur，問我要不要過來幫忙。他昨天晚上幫我收拾至半夜，還是叫他老人家多睡有益。」

「你真多朋友，早知我不用來。」

「妳很重要的，雖然執拾方面毫無建樹，但房子有個女人在，待會有甚麼事情，派個女人出去，比較好辦事。」

電話又響起來：「Kelvin？好，我馬上下來幫忙。」

臨出發往澳洲前，和Sam見了一次面，他把一本厚厚的《Lonely Planet》丟到桌面上：「你沒良心，那時騙我會到澳洲探望我，結果讓我苦等數年，欺騙我感情，現在我一回來，你就過去了，好沒良心呀你！」

「別煩，出發前很忙，難得我那老闆願意給我放兩星期假，又難得有一個星

期自己去Sydney，說了去Oxford Street幾年，終於有機會去了，到底……有哪個地方好玩？」雖然情緒低落，但對著朋友，我聲線依舊興奮。

二零零一年的暑假，我不知如何過的。

當然工作上暑假是高峰期，「少女魔童」依舊聲氣多多，可又不能不努力工作，我的client們，升班的升班，留班的留班，輟學的繼續輟學，可也務必在這段日子為他們找到一條出路。

工作忙或許是件好事，讓我在這段時間，減少見朋友，調整心情，想想自己於待人接物上有何問題。

自從那件事後，每每面對朋友時，我也怕，怕自己說出口的每一個字，怕得罪人，所謂亡羊補牢，未為晚也。── 我再承受不了再失去任何一個朋友的刺激。

至於Kelvin，他的工作的確忙，我沒有心情，通信由一天一封電郵，一星期一次電話，現在變成數天一封，已有一個月沒有談過電話了。

其實，經過了一年，雖然我們是這樣的合拍，但經過時間與地域分隔的折磨，也知道感情是淡了，也知道是沒可能繼續下去，可是我們都不願提出分手。我知道他在想：或者總會有解決方法！

對，有解決方法，就是我搬到泰國去，或是他搬來香港。

我想起以前看過的一套電影《Before Sunrise》（愛在黎明破曉時），戲中的男

女主角，來自美國的Jesse與法國美女Celine在維也納相遇，因第二天早上一個要搭火車，另一個要趕飛機，故二人相處了一個晚上，由陌生人變成曖昧的情侶，最終發生了性關係，直至天亮，他們在火車站分手，相約半年後在這裡再遇，然後各自踏上旅途。

很浪漫的電影，散場時，心裡一直想，他們半年後會不會依約出現。

理想中自然希望他們能見面，有誰不想和他愛的人分享他的人生，任誰一方突然走開，都會想：我還未曾和你好好吃過一頓飯⋯⋯

現在則希望他們都不要出現，好讓老年時有一段美好的回憶好告訴其他人：「那年在維也納的火車站，我邂逅了一個人⋯」

我第一次覺得回憶是比期待美好的。

我知道，Kelvin和我都不會搬家的。

所以，我們很有默契，從來都沒有談過這件事。

整個暑假悶憫憫的，連去Sauna或是Tony約我，也提不起勁，甚麼事也提不起勁⋯⋯就連北京申辦奧運成功，我也毫不興奮──關我甚麼事？

去澳洲探望兩位姐姐，是唯一叫我還有一點推動力的事情。

出發前，我渴望著這一次的旅行，我真的需要「行開吓」。

兩位姐姐住在布里斯班，帶著大哥與大嫂，坐了八小時飛機，有點頭暈。

我知道澳洲是個享受陽光與海灘的好地方，住在大姐姐的大宅；就是那一種西洋電視劇中，一整條大路中只有三數間獨立房子的小鎮，沒有車，則要坐十五分鐘巴士轉兩程火車才能到達一個比九龍城小的市中心。

我不是為了這個藍天白雲而來，我是為一家團聚而來。

晚上在大姐姐家的後花園燒烤，從前只有看《叮噹》（哆啦A夢）漫畫，才會在家的花園裡燒烤的；以前，多由大哥駕著他那輛客貨車，載我們一家人到大帽山燒烤。

的確，我們四個又聚在一起，大哥一向不苟言笑，看著我們幾個弟妹，似是有所交待；大姐姐在廚房和大嫂喋喋不休；我和二姐姐在一邊，細聲說大聲笑，的確，這是我成長的家；只是變大了，與……少了媽媽和嫲嫲，多了大嫂、二姐夫與小外甥。

這一次，我突然很享受和家人相處的時光，大家各自成長後，第一次有家的感覺。

除了，晚上要睡沙發，老實說，獨居這許多年，實在已不能習慣在大廳中展覽睡姿；睡醒時，小外甥坐在我身上看卡通片；又或是洗衣服，把頗為高叉性感內褲和大家的晾在一起……的確尷尬！

兩位姐姐輪流帶著我們去遊覽，甚麼黃金海岸、大學區、唐人街之類，我真的興趣不大。一來，這次本是來散心，避開工作朋友與愛情帶來的煩惱；第

二，我來只想要見他們，享受一家人一起的感覺。

我只想和大家相處，一星期後，我一個人出發到悉尼去。

所以，臨出發前，我又搬到二姐姐的公寓寄住一晚。她住近市區，交通比較方便。

由於大哥跟大姐姐，與我和二姐姐年紀相差很遠，四人之中，我和二姐姐感情最好，小時候一起上學，拿零用錢去買牛雜給嫲嫲打，又一起做功課，只是我成績及不上她。

後來她拿了獎學金到加拿大去讀碩士；其實是和當時的男友分手，避走到加拿大去的；畢業後在那邊工作，結交了一個男朋友，去年分手了，剛好公司有新職位，就申請公司內部調職，又避走來了澳洲。

那天二姐姐和我一起到外面的酒吧喝酒：「澳洲好玩嗎？」

「沒去過的地方，定必好玩，不過第二次就可能會覺悶了，尤其是我不懂得駕車。你呢！這兒和加拿大有分別嗎？」

「分別在，溫哥華似香港，這兒才似外國，」我們都笑起來：「男人比較粗壯。」

「好！甩了之前那個，來這邊好重新發展……還是要搬回香港，你的東西，甚麼校刊舊相仍在呀！」

「不，住了外國這許多年，幾年前回來過一次，就不慣了。香港吵，你看這兒多寧靜，你也想搬來嗎？」我們坐在露天的地方，人確是不多的。

「不，住了在香港這許多年，這次一來，就靜得不慣了。實在太靜，晚上睡覺也覺耳邊有嗡嗡聲。」二姐姐打了我一下說：「這許多年還喜歡學我說話！」

我們兩個在說著以前在東頭邨一起生活的事情，那條臭明渠、街邊的小販攤檔、鄰居打兒子、學校的老師，都夠我們笑得開懷，有誰的生活及得上童年時的回憶？

童年時生活得多苦，仍能長大，能長大就代表還能有希望，總比較容易快樂。

談了大半晚，笑了很久，我是指真心地笑了很久，生日後，沒有試過了，如果澳洲的空氣是這樣容易令人覺得愉快，或者我應考慮移民過來。

「怎樣，有拍拖嗎？」二姐姐突如其來的問我。我……我點了點頭。

「相處得好嗎？去年你生病，我公司忙，走不開，真是……我很擔心，所以一直都希望有個人能照顧你，現在你有拍拖，那就好了，我可放心了。」姐姐說著，握著我的手。你們有聽見嗎？我姐姐說了這許久，可沒有一個性別字眼出現過的！這女子！我知她是疼惜我，所以也不想她擔心：「現在這個不錯的，也是做marketing，放心，我很好。」

「是嗎？那……」她又喝了一口酒：「其實是大哥和大姐姐也擔心，派我出

117

馬，那是個男孩吧？」

我聳了聳肩：「當然！」

二姐姐想了想：「只要是你開心，他能照顧你，我就會喜歡他。下次我回來香港，約他一起吃飯。」

我說：「我也擔心妳沒有人照顧。」

「別學我！」她怪叫。

沒有驚天動地，沒有眼淚，沒有迫供，就這樣，我和家人come out出櫃了。

這樣的哥哥姐姐，不理性別年紀身分，只擔心我有沒有湯水喝的哥哥姐姐，哪裡去找？

但最終，我也沒有和二姐姐說明，我的男朋友是泰國人，其實我仍是自己一個——怕她擔心！

這時我才發現，如果真是愛對方，把對方當成至親一家人的話，就是如何長程的LD，心也是在一起的；這刻我才發現，有這樣明白事理的家人，我一直是幸福的。

自生日後，我第一次有安心的感覺。

那天晚上回到二姐姐家，繼續談至很晚很晚，澳洲深宵清涼的空氣包圍著

我，但心是暖的。

Dear Kelvin:

幾天沒有收到你的信了，澳洲很大，我去了很多地方，而且和家人一起相處，我也很快樂。

我明天會轉飛悉尼，從朋友給我的旅遊書中，看到有很多地方很想去遊覽，如果你在就好了。

我發現最近我們好像少了溝通，希望一切上軌道以後，就多見一些吧！

愛你的Clive

那天睡在二姐姐的客廳梳化（沙發）上時，我對一切，是充滿冀望的。

4.9

中學時修讀文學，老師要我們看，也粗淺地看過一些張愛玲的小說，有名的〈傾城之戀〉、《半生緣》都是半懂不懂的。

記不起從哪時開始，我開始看得懂她的小說。

張女士成長在中國甚至是世界戰亂的時代，那時的愛情故事，是大時代的愛情故事，愛情總在子彈橫飛屍橫遍野千鈞一髮中似有若無中茁壯成長，那才是真愛情；就算沒有子彈橫飛，也起碼似《鐵達尼號》，大災難中才顯出真愛來。

可惜，我們都趕不上那個年代，我們的世界是擰開水龍頭有自來水，按一按掣電燈會發亮……最驚險的羅曼蒂克故事，是誤闖入八百港元一個主菜的西餐廳與買了一間只有六成實用率的單位。

現代的世界沒有羅曼蒂克的故事──要羅曼蒂克，請購票入電影院。

天下太平，所以我們的世界沒有羅曼蒂克，但估不到遇上危險時，卻是這個樣子的境況。

那天晚上，在布里斯班的星空下，我和二姐姐談至很夜，胡亂睡了幾小時，第二天要趕早機到悉尼去──第一次一個人作長程旅行。

上機時間是澳洲二零零一年九月十二日清晨，亦是紐約二零零一年九月十一日黃昏。

上飛機時，我仍帶著過去一星期和家人相處時愉快的氣氛，對於四周古怪的

氣氛有點不以為然。

來到悉尼，這裡終於有點大城市的模樣，我乘機場巴士來到鄰近唐人街的三星級酒店。要在這裡住七天，我細心地收拾好行李，洗了一個熱水澡，圍著大毛巾坐在床上，計劃這幾天的行程，幾時要到Bondi Beach、看Sydney Opera House、行博物館、去Oxford Street……順手按動搖控器打開電視機。

瞥了一眼，看見那個飛機撞向紐約世貿大廈的經典畫面，心裡想：「這電影拍得認真迫真！」

當時沒有理會，繼續看地圖，找出酒店的位置最近那個地鐵站，手無意識地按著搖控器的換台功能，我要放鬆，我要音樂，要Channel V。

好一會兒仍是沒有音樂，我又抬起頭，看著電視，手不停轉換頻道，CNN、CNBC甚至是Channel V，仍是重複播放著那個畫面——飛機撞向大廈——我手停了下來，看著電視，才知道有飛機撞向紐約世貿大廈。

打開手提電話，電話馬上響起來：「喂，細佬？你在悉尼OK嗎？」

「我OK？我知有飛機撞向大廈了，這邊沒有問題。遠在美國關我們甚麼事？」

「不是這件事，而是我今天上班，聽同事説，好像你搭的Ansett Airline要關門大吉，今天大哥他們到Melbourne那班機，好像也cancel了。」

「OK，那有消息你通知我。」

發生甚麼事，估不到我會倒楣得這樣徹底，來澳洲是想放鬆休息，怎會遇上這樣的情況？

我打了個電話回香港的旅行社，那邊的負責人説會幫我跟進航空公司結業的情況。

之後，我所有玩樂的心情也沒有，坐在電視機前，看著那個不停重播的畫面，新聞旁述員繼續報告有關新聞的進展，又説之後會繼續騎劫客機襲擊其他各地的高樓大廈，甚麼雙子塔巴黎鐵塔101大樓……聽著看著，心裡竟冒起「如果我現在死了」、「客死異鄉」的念頭，張愛玲小説中的故事，突然一個個浮現在我眼前，可是我絲毫感覺不到羅曼蒂克──我的男人不在！

突然，一股寒意直涼到底心底去。

我不是怕。

死？我幾乎試過，不怕！

只是不甘心。

這輩子還有這許許多多的Unfinished Business[9]，和Kelvin的事仍沒有弄清，很多事情我們仍沒有做；Arthur一班朋友的絕交事件，仍沒有處理；公司裡有一個client要上法庭，我答應了回去後給他寫求情信……事情太多太多，現在就死，又怎會甘心？

坐在電視機前，仍是那個重複的畫面，這時竟記起亦舒女士寫的小説《喜寶》，女主角喜寶的名言是：「如果只給我一個願望，我就要很多很多的愛，如果沒有愛，那就要很多很多的錢，如果連錢也沒有，那麼我還有健康……」

很實際的一個女人，但人很多時候是為勢所迫，這一刻的我，沒有愛，沒有錢，沒有健康，就連一直以來十拿九穩的友情也沒有了，一個人在悉尼這間酒店中，一架飛機撞過來，有人知道我在這裡麼？

人來到這個時刻，有甚麼是做不出來的？

看一看錶，原來不經不覺，看了同一個片段一小時四十五分鐘。

我對自己説：「Clive！停。你是來玩的，就是要死，之前也應該活得開心。快！想想有甚麼想要，又馬上可以得到的東西？想！」

我想到了！

於是起來換衣服，離開酒店，依地圖來到悉尼唐人街，有人在派發華文報紙《號外》，我接過了一份，問那人：「金寶茶餐廳在哪裡？」

9

Unfinished Business： 本來，這詞藻通當是用來説那些死人的未了心願。在這裡，Unifnished Business可以當是一個人的不甘心，不服輸，不願意放下。這態度好不好我不知道，我所知道的是，很多事情來到最後，是很需要這種不甘心的決心的！

金寶茶餐廳，裡面的裝潢根本和身處佐敦深水埗沒分別，很好。

我坐下來，用廣東話對侍應生說：「要一杯凍奶茶少甜，還有，你有煙賣麼？」

自悉尼奧運後，所有室內禁煙，結果我拿著一杯凍奶茶少甜和一支煙，站在金寶茶餐廳門口，一邊喝茶抽煙。

原來，如果立刻就要死，我只是要在一個說廣東話的地方，喝著一杯凍奶茶少甜來抽煙。

人有時要滿足的，就是這樣一個小小卑微的願望。不過，願望是接二連三的，有了第一個，就有第二個。抽完煙，我又回到金寶，點了一個酥皮蛋撻，打了一連串電話：Sam、凱西、Phil，知道大家都安全，然後我……猶豫了，結果我仍打了電話過去，不敢打電話給Arthur，所以我打電話給攻擊性較弱的Eric。

電話響時，心裡期盼，也世界末日了，難道還放不下對我的一點點討厭？

「喂？我是Clive，我在悉尼，大家還好嗎？」

「Clive嗎？你知不知道發生甚麼事？美國那邊昨天……」我似在聽電台新聞報邊，那聲音一點感情也沒有——我的期望落空了，但我仍繼續聽下去，一點點的朋友的聲音，直至他說罷，停下來。

「那大家都好嗎？」我說。

「好!」

「明白!那⋯⋯再見。」

掛線那一刻,我羞愧得無法形容。我不是喜寶,我從來就沒有得過甚麼願望,也不懂得許願,不管是愛情金錢健康朋友,都得刻苦經營,我的生活是積少成多,聚沙成塔般得回來。

想起剛才Eric那冷淡的聲音,世上有甚麼討厭得過被一個討厭的人糾纏住?

為什麼我要強迫人家做我的朋友?

我不應再去纏著人家,沒有誰欠我一個願望。

或者是我這種性格,造就這樣的結果,一切都是我罪有應得。

放下電話,看著剛才拿來的《號外》,裡面言之鑿鑿,說著飛機撞擊世貿大廈的事情始末,還有未來發展,一副世界末日格局。看得荷里活的災難片太多,有點疑惑,這是不是新一輪的電影宣傳攻擊。

解決了Arthur的事情,又排到Kelvin。

記得剛遇上他那時,我聽了王菲的〈新房客〉,現在再細想,他也只不過是「來得正好」,世上那一段感情的開始,不就是「來得正好」,然後簽下租約,做了新房客,以為可以一輩子住下去。

每段感情的開端，都是興奮地做著每一件事，看他如同小孩的睡姿，聽他打呼的聲音，一起看電影，吃糖水⋯⋯做了一千件事，結果還有一萬件事仍在排隊⋯⋯

金寶茶餐廳的音響播著王菲的〈償還〉：「償還過／才如願／要是未曾償清這心願／星不會轉／謊不會穿／因此太希罕繼續相戀／償還過／才情願／閉著目承認故事看完／甚麼都不算甚麼／即使你離得多遠／也不好抱怨⋯⋯」

有時掛念Kelvin，拿起初認識他時寄給我的照片來看，相中明明是他，可是他的整個形象就似是解像度不足的照片，遠看還好，可是一拉近放大，就變成一格一格，疑幻似真。

就似是當初我們燃起的愛火，那樣熱烈，這世上沒有疲倦這回事。我想和他一起做很多很多的事情，日本看櫻花，北歐看極光⋯⋯可是再等下去又如何？那些想做的事情都做了又如何？

剛才有一刻，我在想如果有一個男朋友在身邊，就算他甚麼也不做，我也未必會這樣子害怕，死了沒人知曉。

Kelvin，Kelvin⋯⋯其實答應和他一起的第一天，就應知道最終會是這個結局！

只是我執迷不悟，只是我實在太愛他。

有幾多人一生中能碰到一個這樣所有事情完全合拍的人？

如果他是香港人，抑或我是泰國人，如果我們同住一個城市，我們將會是最美好的一對……

我，見識過這樣的戀愛，以後這輩子，我還能怎樣去愛人？以後的事，以後自能解決，現在我的肩膊已覺得太重，無法再負擔一點點的重量，是時候要一點一點的放下來。

我終於覺得疲倦了！

做人，還是要愛自己多一點比較實惠。

我結了賬，在附近找了一家網吧，打開了電郵信箱，果然沒有Kelvin的電郵。

Dear Kelvin:

我愛你，所以更無法忍受你不在我身邊。

多謝你這樣的愛過我。

再見！

永遠愛你的Clive

當我把電郵送出去的剎那，本來壓在心裡的一片大石頭，似移開了，人竟似突然是放開了，整個人變得輕飄飄的。

Let go！Let go！

有甚麼比起能「Let go！」放手更難能可貴？

那天，我繼續在悉尼遊覽。

在賭場玩角子老虎機，輸了二十元澳幣，到戲院又看了一次《Bridget Jones's Diary》，買了Kylie Minogue最新發行的Single《Can't Get You Out Of My Heady》，晚上終於來到世界其中一個最大的同性戀社區Oxford Street。

坐在Mid-night Shift的吧檯邊，抽著煙，喝著一杯Vodka Lime。

Disco裡的人在跳舞，眼睛四處亂看，我非常放鬆，盡情享受這個世界混亂下的一刻。

一個星期之後，我還要回去香港，重新開始。

我記得看過一本西洋星座命理書，說二千年起，世界大運將進入水瓶座，將會是一個創新、改革的新紀元。就正如歷史書上的記載，天地初開時總是一片混亂，改革是一種調整、抗爭，只要改變、殺死舊有老去的制度，打破傳統，方能有新開始。

這時一個外籍人士來到我旁邊，半倚著吧檯，向著我笑：

「Can I sit here？」

我抬起頭看著他：「Is your name Kelvin？」

「No！」

「Are you a flight attendant？」

「You are so funny……No！I'm not a flight attendant！」

「So, Yes！You can sit here and you can buy me a drink if you want！」

他坐在我旁邊，伸出手來：「I'm Mike……」

「I'm Clive！」我也伸出手來。

兩手相握，我知道他在想甚麼，同時，他亦知道我在想甚麼。

這種事，就算在亂世中，也不見得羅曼蒂克。

管他！

要快樂，不趁這時，更待何時？

何況人在外地，不就是貪做了甚麼也沒有人知道嗎？！

●

你覺得在我們生活的這個時代裡，
都沒有羅曼蒂克的愛情了嗎？

我當然相信浪漫的存在。舉例：有一次，我坐計程車，和司機一起跟著收音機傳來的音樂，高歌劉若英的〈後來〉，我都覺得幾浪漫喎！Haaaaaaaa！

我說：「那得看看那計程車司機的樣子了！」

浪漫之發生只是當事人的心理投射，定義因人而異。但對我來說，作為一個流著巴黎血的香港女子，不得不承認自己有將生活瑣碎事浪漫化的傾向，所以我覺得每一日都過得好浪漫囉。

—— 小 S，35 歲，經理，現有一名同居女友，雖然鬼婆靈媒告知前世大多在西藏和印度度過，但仍堅信自己流著巴黎人的血，查實今生應是外星人，但誤墮凡塵。

5

四處行走的墨綠色大笨象

5.1

上班時，我常與 client 玩一個簡單遊戲。

我會請他坐下，然後説：「現在請你閉上眼睛，我會給你十秒鐘的時間，你可以想任何事情，除了『墨綠色大笨象』。好！一，二，三，開始。」

當然，誰也知道我的 client 可能一輩子也沒有想過「墨綠色大笨象」這個詞語組合，但在這十秒鐘裡，「你」又曾想起過幾多次「墨綠色大笨象」？

「我」又曾想起過幾多次？

Let go 談何容易？

愈窮愈見鬼，愈是提醒自己不要想，就愈是記得牢；尤其是當精神恍惚，心裡有鬼，就偏會記叫人難堪的往事，一件接一件，務必令自己精神崩潰而後快──我的「墨綠色大笨象」叫 Kelvin，還有一隻叫 Arthur。

真是福無雙至，大病過後遇上百年難得一見的白馬王子也是有緣無分，最終分手收場，加之與好友決裂，以為已經賤過地底泥，我對自己説：「很快，很快，快要從泥中長出花來！」

果然，福無從至，禍不單行。

説也奇怪，百年難得的大事，甚麼哈雷彗星九星連珠天狗食日……就連去年獅子座流星雨襲地球，約定凱西與 Leisha 遠赴石澳沙灘捱通宵，也碰上大風大雨，看不到，以為我沒這種命；隕石襲地球，我也理應在室內睡夢中，死了也看不到一次異象。

誰料第一次單身旅行就遇到這等百年難得一遇的「九一一事件」與 Ansett 航空公司結業。最終千辛萬苦下買到另一間航空公司機票，延期兩天，才不用客死異鄉。

大災難來臨，一點也不似荷里活災難片，至少唐人街金寶茶餐廳仍有「凍奶茶少甜」出售，David Jones 也沒有大減價……在悉尼那九天，惡運蜂擁而至應接不暇，驚嚇過度，心裡反而平靜，不懂胡思亂想，強迫出求生本能。——唏！天下大亂，末世異象就是這般而已？

每天早上去金寶喝一杯，再上路，爛命一條，有甚麼好怕？最好世界末日同歸於盡，我不用清還信用卡欠款。

「身如柳絮隨風擺，歷劫滄桑無了賴。」我竟可以甚麼也不想，新聞也不看，專心一意心無旁騖豁出去做最稱職的遊客，天天醉生夢死，抽煙喝醉抱男人……對！我又再次抽起煙來！

我情願死得快活，也不願半死不活。

回來！

回來？

沒死，也終歸要回來，一切重新開始！

踏出香港機場，從機場巴士裡看出去，香港是煙霞密布，迷濛昏黃；我彷彿死過一次，又回來了，一切應該都完了，沒想到世事是一山還有一山高。

正如我對命運所知的真相是：夕陽不會來，一來就是深夜。

你曾否有過這樣的恐懼：參加長途旅行後回家，開門，看見四處凌亂，有被搜剔過的痕跡……我有看過《警訊》節目，對！絕對不能翻動屋裡的東西，可能匪徒會留下手指模，要馬上報警，還有，我最心愛的王菲 CD 全集給賊人偷去了，而我……

站在我家窗邊，點起一根煙，眺望遠處的新蒲崗舊樓群與東啟德明渠，一兩隻小昆蟲在亂飛，洗衣機在滾動，家裡只有收音機與洗衣機「隆隆」的運作聲音，我似在這裡住了一千年。

其實我只是回來了兩個月。

這兩個月都是恍恍惚惚的，除了上班，生活是每星期兩天夜班，三天健身，晚上看 VCD、看小說、上網、玩占卜，只與僅餘的幾個朋友見面，星期天不外出，下午洗衣服，晚上自己做飯，看著日出日落下雨刮風秋來葉落，時鐘由早上九時變成晚上十時，日曆由星期五變成星期三，又到了十二月。

聖誕節凱西與 Leisha 要到法國旅行，Phil 和新男友去北京，Sam 要準備下月的舞台劇演出，可預見的寂寞假期。

與 Kelvin 分開，無疑對我打擊很大，可是那傷痛卻沒有想像中震撼。

這段感情似是一開始就患上癌症，電療化療，治得好是幸運，死是遲早問題──雖是意難平，雖是心有不甘，但早有心理準備；誰叫我們兩人也更愛自己，不會為對方犧牲。

遇上這樣的一次愛情，烈火似的，燒死我，焦屍一條，心裡暗忖，頂多日後找一個他愛我比我愛他更多的男朋友；還找不到，大不了有如去泰國時聽甲乙丙丁說：「買一個。」；到了最後最後，最大不了就自己一個人。

放眼出去，我們這一輩有多少人是獨身到老的……不壞，不壞，至少我還有朋友，每次失意時回頭，一轉身，他們總在那兒；他們失意，我也願意站在他們後面。

讀書時從沒有朋友的我，在這龍潭虎穴中得到一班，是我這輩子最驕傲的事情。

可是現在，和 Arthur 一班朋友鬧翻了，打破了我世界一向的信仰與平衡；歡場並非無真愛；對我的打擊比 Kelvin 離開我更嚴重更徹底，我開始出現無邏輯的恐懼──尤其是對朋友。

難道那時天天一起夜蒲、玩樂、分享心事、互相扶持，噓寒問暖……一切一切，全是假的？

這個夜可以來得這樣黑，這樣沉，深不見底。

現在身邊的朋友，他們又會幾時離棄我？

難道愛情說緣分，做朋友也得說緣分？

於是，我心裡不管如何不安徬徨，對身邊碩果僅存的幾個友人更是額外的好，一見面，要表現愉快，要開朗，引人發笑，好戲連場；人家無必要聽你訴苦；

135

而且要不怕蝕底，做聯絡，做公關，事事鼎力支持，為求大家玩得盡興。可是……心裡到底仍是不安！

打電話給朋友，人家感疲倦、工作忙、在電影院、吃晚飯、性交中……電話那邊傳來的聲音欠友善、很低沉、回答只有一個字或是不接電話，就會想：他在忙？我打電話去的時間不對？還是……昨天晚上跟他吃飯，是不是我說錯話，腦中馬上重溫所有對話內容，不……不，或是我點菜是忘記他不吃蔥，沒有問清楚，是這樣嗎？可能……不，一定是這樣，他生氣了，他生我的氣，定必是這樣子。他生氣了，我餘下來不多的好朋友生我的氣，怎辦？該怎辦？要再打電話給他嗎？是否要道歉……

我不敢和任何一個人說「這件事」，怕他們會……嫌我。

好端端的，人家怎會和你絕交？

定有不可告人的祕密！

我不敢說！

太過寂寞，又沒有傾訴對象，某天我下班時經過書店，買了一本日記簿，對著它，盡訴心中情。

第一篇日記，我寫了兩小時，最後在上面寫著：「我怕，我怕自己一個人，但有時又想自己一個人；我想，我想身邊很多人，但有時又怕身邊很多人。」

有時朋友會問：「最近不見 Arthur，他好嗎？」

我會先遲疑一下，再打聽他是否知道甚麼內情，然後放下心來：「好！不過近來他們忙，我也忙，比較少見。」

雖然或者有機會有可能他們會諒解我，可是我已沒有甚麼可以輸，我亦不好賭博，一生就這幾個朋友，務必好好珍惜。

「這件事」，成了我心裡的一條刺，我似守著個天下間最大的祕密，噎住喉頭，肚裡卻是空的。

餓的不是肚皮，是心靈。

有沒有試過失落，寂寞，還有更嚴重的空虛？

沒有？

就讓我告訴你那是怎樣的一種感覺。

似在炎夏中穿著大褸，又重又熱，身體裡卻是空的，似一個黑洞，卻又不敢脫下大褸，一脫，就馬上瑟縮起來。

這時儘管身邊有多少優質享受，但身心就似是一個無底洞，把所有的東西，好的，壞的，完美的，破敗的，真情的，假意的……一股腦兒往裡面吸，一直吸，一直吸，直至有一刻鐘，你會感到膩煩，但卻仍忍不住裡面吸，這饑渴是永恆的，無法停止的，你貪得無厭，飢餓不能，永遠不能滿足；這個洞永遠填不滿。最痛苦的還不止於此，因為直到後來有一天，你會突然醒過來，你不再累，也不再空虛了，你不用轉頭看；其實是不敢回頭看，也會知道背

後是如何的一片頹垣敗瓦。情況就似是美國攻打伊拉克，最後到底是誰贏誰輸，我們都搞不清楚。

一切無法補救……不是所有事情都能補救的。

我的性格造就我的命，如果一切皆是命，又何必怨天尤人？

罪業心重，要自殺又太過膽小，那怎辦？

我堅信不止我會這樣，雜務纏身，人還是要繼續做的；只是有些人掩飾得好，太好，你看不出來而已！

這樣空虛，或者我應該找一個男朋友？

可是……可是一想起那從頭開始，自我介紹，了解對方，浪漫晚餐，午夜沙灘，激情夜晚，電話報到，戒笑暴齒，風情萬種，技藝超群等「開始戀愛十部曲」；暫時受不了；卻不是 Eric 說的「廿多歲先不忙拍拖」，只是我無法戀愛。

中空的心，還有甚麼可以付出？

有甚麼法子可以不用付出，卻又能有愛的感覺？

在最最最空虛時，去 Sauna 跑一趟，飲鴆止渴，又怕多去會遇上 Eric，故又再次在網上 chat room 活躍起來；兼收並蓄，雙線發展。

去 Sauna 與網上交友的分別是，Sauna 似吃迴轉壽司，人來人往周而復始明碼實價讓你慢慢挑選；網上交友就是劃 order 紙，往往出現的，很多時和菜單中所形容與個人幻想並不相符 ——現在有誰不懂用 Photoshop？

去得多，也漸漸明白，不管在夜場、Sauna 還是 chat room，逗留太長還是不好，說得明白是人肉市場，人是放在百貨公司裡的衣裳，雖不是每個人也有膽子拿上去試穿，但擱得久了，來實看得眼熟，久久還未出貨，定必大有可疑，留待季尾大減價，或是掉到特賣場二折出售，就是丟人現眼。

我要一擊即中！

爛船也有三斤釘，短短兩個月，人雖憔悴，可是我不怕，眼乾可以滴眼藥水，多做磨沙補水面膜，改用抗衰老晚霜，還有染髮做 GYM 吃靈芝丸⋯⋯經過一大堆後天加工，從浴室那面鏡子看，也還端正清爽，只是那雙帶角的小鷹眼，眉頭放鬆時也似緊鎖著，眼白帶點紅絲，眼珠上似蒙了一層灰燼，欠焦點，沒靈魂——但誰會要求一夜床伴有靈魂？

自然也有人表示好感，可是實在無法戀愛，對手又難捨難離，終於：「喂，今天晚上有時間吃飯嗎？」「好！九時在你家見面。」變了我的上床伴侶 fuck buddy，還有之前留下來，久不久一聚的 Tony，幾個男人貨如輪轉，與間中現身 Sauna、chat room；做人不能貪，夠用就是了。

慢慢我的要求愈來愈低。

我只要性交，又不是找愛情，還能顧慮那麼多。

我開始明白 Eric 的心情，愛情和外表無關──本來連自己需要也搞不清楚的人，學甚麼人戀愛？

「嘟，嘟，嘟」洗衣機叫我，轉過身晾衣服，一件又一件，突然刮起大風，對流風吹得屋內雜物亂飛，跑去把大門關上，風停下來，望出去，十二月，竟下起傾盤大雨？

趕忙跑回去露台，途中膝蓋撞到茶几，痛死了，忍著痛收回衣服，關窗，把衣服又放回洗衣籃裡，一雙手臂全濕透了，拿起衣服來看，也是濕的，是雨水還是原來就這樣濕淋淋？

猶豫著用不用把衣服再洗一遍，收音機裡孫燕姿清朗的聲音：「我以為這就是我所追求的世界 ／ 然而橫衝直撞 ／ 被誤解被騙 ／ 是否成人的世界背後 ／ 總有殘缺 ／ 我走在每天必須面對的分岔路 ／ 我懷念過去單純美好的小幸福 ／ 愛總是讓人哭 ／ 讓人覺得不滿足 ／ 天空很大卻看不清楚 ／ 好孤獨……」

聽著突然渾身乏力，唇邊一痛，是剛才太專注，把嘴唇咬破，口中一陣血腥味。

手一鬆，衣服丟到地上，腿一軟，蹲跪下來，毫無理由，毫無原因，為了幾句歌詞，出盡力，失控似地哭，哭，哭嫲嫲去世那一年，以為世上已沒有甚麼值得我哭，就連入醫院，和 Kelvin 分手，一個人流落異地，也冷靜得很，沒流過一滴眼淚，想不到今天，一個平凡的星期天下午，一陣風，一場雨，一首〈天黑黑〉……明天下班去信和中心把這隻 CD 買回來。

倒在地上，實在不能這樣子過下去，定必是血糖太低，我要笑，大笑，狂笑。

站起來，抹乾眼淚，穿起衣服，打著傘跑到新蒲崗的影碟店，買了一大堆年輕時評定為「低品味、低智慧、低成本」的三低製作港產片與一個兩磅重朱古力蛋糕。

回到家甚麼也不做，挑了一隻《霸王女福星》，邊看邊吃蛋糕。

「哈！哈！哈！這戲實在是爛片。」我自說自話。

橋段爛，剪接爛，演員爛，可是看著吳君如咧嘴大叫大跳，裝盲女色誘單立文，實在好笑；羅蘭扮完女傭再扮女督察，實在無厘頭；還有陳奕詩、胡楓、柏安妮……那年代的氣氛是和諧溫馨熱鬧的。──這種環境這種時間這種心情，有誰還醉心研究法國新浪潮電影中的後現代解構主義蒙太奇符號學如何透過男女主角在河邊一同自瀆去展現出來？

心情欠佳，還是看這種不用勞心勞力攪盡腦汁分析解構的「三低製作港產片」，吃低價甜食最實惠兼得民心！

不知是《霸王女福星》還是朱古力蛋糕提升了血糖含量，心裡竟有說不出的愉快，晚上看著《超級無敵獎門人》寫日記，分析吳君如當日減肥扮 TB 做《洪興十三妹》，是否一個正確決定？

我在日記簿上面寫：「至少我今天很開心。明天？今天的事今天做，明天的事明天做。」

這時，電話響起來，是二號 Fuck Buddy Carl：「今天晚上沒去街玩嗎？」

「都十時了，還去街？」

「那你想吃甚麼宵夜？」

「明天早上要開會，今天晚上還是不要了。」

「那……好，電話聯絡。」

今天心情大好，不用男人，這時，電話又響起來：「喂！是 Clive 嗎？」

「你是…」我看來電顯示，估不到是他：「Kelvin？好久不見，你好嗎？」

「好！你好嗎？」

「好！找我有事？」

「無重要事，只是快聖誕節了，去年你說忙，沒空。今年要出來吃頓飯，見見面嗎？」

「吃飯？」

「都一年多沒見過你了。就下星期吃晚飯，好嗎？」

和舊情人 Kelvin 約了在星期四晚上在銅鑼灣見面；怎可以讓他知道我星期五有空──我還有尊嚴的！

從沒有和舊情人做朋友的先例，大概是每次分手都做得太「三低製作港產片」
——爛。

Kelvin 為什麼找我聚舊？有甚麼目的？他現在的情況如何？他……

舊情人重逢，我看過很多；在電影裡；有這幾天準備，定必不會蓬頭垢面，
失魂落魄，我應該要用怎樣的姿態出現？

或者應當學《重慶森林》裡周嘉玲的瀟灑不在乎：在便利店重遇梁朝偉，不
慌不亂，斜眼半笑，弄著頭髮，用身體磨冰箱，誓要燒毀整家便利店，引得
他半死不活，才施施然四十五度指著店外：「我走先，約了朋‧友！」走了。

到底怎樣才能和前任做朋友？

早知我不答應他，免卻了這許多煩惱了。

●

幾年後，我和小友桑談起怎樣才能和
分了手的戀人做朋友。

除非分手時到了厭惡狀態，否則和分手戀人做朋友，對我來說不是太難。所以我所有男朋友，分手後亦是朋友。直至現在，我九十巴仙的 Ex. 也有間中聯絡的⋯⋯我算是幸運的一種吧，曾經一起，老土說句：「都是曾經有緣份和感情。」怎能一下子就了斷？其實，能與 Ex. 變成朋友是一件幸福的事情，因為我們都太了解對方了。

而唯一一個不能做朋友的，就是因為錢。都說金錢萬惡，和戀人最好不要有錢銀轇轕（指金錢上有不清不楚的關係）。

我說：「那見到 Ex. 拍拖，你會真心祝福他嗎？就算你沒有拍拖！」

好肯定！最多心會有少少苦澀，但愛就是希望對方幸福。

這想法有點太幼稚嗎？

我看著他搖了搖頭說：No！難怪我和你的路不同，真是性格決定命運。

—— 桑，28 歲，雜誌編輯，少年出道，多年經驗，現在正身處一段不知是否仍是戀情的戀情中！

5.2

坐在銅鑼灣翠華茶餐廳已半小時，守著半杯凍奶茶，不敢飲盡，故不停被侍應生白眼。

MP3 機開動了隨意播放的功能，這時跳到一首舊歌，是當年 Madonna 演《Evita》時，原聲 sound track 裡其中一首主打歌〈Another Suitcase in Another Hall〉。戲裡面做伴舞女郎的她給男人玩弄完趕走，拿著一個舊皮箱，嘴裡輕輕唱著一首歌：

I don't expect my love affairs to last for long.
Never fool myself that my dreams will come true.
Being used to trouble I anticipate it.
But all the same I hate it —— wouldn't you?
So what happens now? Another suitcase in another hall.
So what happens now? Take your picture off another wall.
Where am I going to? You'll get by, you always have before.
Where am I going to?⋯⋯

我心裡跟著她唱，心裡想：「我還能到哪裡去？」

這時，手提電話終於響起來，是 Sam：「Sorry，剛才在開會，聽不到你電話，怎樣了？」

「我在銅鑼灣翠華，你開完會了沒有？」

「那樣急。呀！對了，你約了前度男友吃飯，怎樣了？」

「出來見面再談可以嗎？你在哪裡？」

「老地方，中環 Fringe Club，我們仍在開會，你來也好，可給點意見。」

「十五分鐘後到。」

坐在計程車上，我想起剛才和 Kelvin 的重聚晚餐，猶有餘悸。

基本上這是個不應出現在世界上的晚餐。

年多不見，Kelvin 仍穿著西裝，裡面一件深灰色 V 領毛衣；仍是眉清目秀，西裝骨骨，可是總有些事情覺得不對勁。

一頓晚餐，我說話小心翼翼，他亦陪著笑，卻是重門深鎖空氣不通氣氛尷尬。

從前喜歡圍在他四周那團白空氣，似能潔淨身心；今天卻似一團白霧重重擠壓過來，白茫茫一片，似身處鬧鬼的荒野，又濕又重，令人焦躁不安，可又逃生無門。

「有拍拖嗎？」

我搖了搖頭：「沒有……你呢？」

他點了點頭，臉上有點紅暈。

「No！」我心裡暗叫，這頓飯是通知我：「他活得比我好」？

想不到他是李蕙敏教派信徒！

「剛才電話中的是他嗎？」我虛笑著，轉頭對侍應生說：「多來一杯啤酒。」

然後，Kelvin 對我談起他的男人，他的新工作，他……賣了樓。

我仍是笑：「我放棄了 56k，改用寬頻，的確又快又方便。」然後，用十分鐘喝完一杯啤酒，說約了朋友，馬上埋單走人。

受不了，受不了，不過，連我自己也不知受不了甚麼。

「早叫你推了他，別去。」Sam 聽我描述了整個晚飯過程，樣子悶透，點起煙：「枉你還花了錢買聖誕禮物。」

「不去也去了，最多下次不去。世事可真古怪，同一個人，同一家餐廳，同一個位置，只是過了一段時間，沒有了愛，一切都不同了。你可有試過重遇舊情人，然後竟想不起那時愛他甚麼嗎？」

「我根本不會見舊情人，情人在回憶裡總比較活潑可愛。而且做朋友也講緣分，何況是戀人。沒緣分，沒愛情，吃一頓飯也是活受罪。見過鬼你還不怕黑？枉你出來混了這許多年？低能！」

「可是，那些我們有過的愛，都蒸發到甚麼地方去了？」

「蒸發到你臉上去，變成魚尾紋。別再說你那些無謂的愛情問題，對世界或是我劇團的發展都沒有幫助的。」Sam 煩惱地搔頭。

「怎樣，還有兩星期就公演了，還煩惱些甚麼？」

「後台人手出問題，本來的 ASM（assistant stage manager）家裡突然有事，現欠一個信得過的人把關……等等，中學時你不是在後台幫忙過嗎？」

「是呀！那時我申請入劇社，本想做演員，導演説我太胖，沒角色適合我，硬説我適合後台工作，把我推到後台幫忙去。」

「導演？哪個？」

我白了他一眼：「不就是你。」

「OK，那證明你是有經驗，況且之前排戲你也來過幫忙。」

「我只是幫忙買飯盒！」

「夠了，過來開會。」Sam 把我拉到他劇團朋友身邊：「Clive 是臨時拉夫，之前排戲有來幫忙過，大家都認識，不用介紹。他會過來幫忙做 ASM。」

「我？」

「這些是 Cue Sheet 同劇本，表演只有五天，除 set 場那天要全日，其餘日子你下午六時前到場就 OK！Jackie 是 SM（stage manager），你們好好溝通。」Sam 説罷轉過身和和其他人開會，賤人！最愛霸王硬上弓。

我怯怯地説：「Hi！我沒甚麼經驗，多多指教。」

Jackie 放開手説：「當大家一起玩，這個 show 不複雜，沒有壓力。」她口中這樣説，眼神卻似是不屑地説：「哼！男人」──應是凱西的朋友。

用了兩天看完劇本，回公司請了假，這兩星期忙得頭暈目眩，幸而有這趟忙碌，幫我度過了聖誕新年假期，亦幸而表演在正常出錯（即錯了觀眾也毫不知情）與 Jackie 不屑的表情下完成了。

完結那天，和一班團員到酒樓吃慶功宴，大家高興地喧鬧著。

我在一旁喝著酒，想起過程那種匆匆忙忙，呼叫著，流著汗，眾志成城通宵達旦沒一句怨言，到最後完成一件事，最後想起表演過程與觀眾的反應，他們的衝勁感染了我，我的確享受這過程。──大家一起齊心做事的過程。

劇團裡滿佈活力、信念和目標，在不太遙遠的從前，我還坐在中環那張小小寫字檯上工作，桌上放了張希臘 Santorini 小島的照片，白的白，藍的藍；是二姐姐當年大學畢業到歐洲旅行時拍下來的。

每當工作欠順利，就會往那小小的藍白窗色戶中看出去，告訴自己努力考好英文，入大學，始終一天，我會牽著我最愛的人的手，跳進那藍白色窗戶裡去。

怎料我大學讀完，也戀愛過，然後，仍似是坐在中環辦公室那張寫字檯上，連那張希臘 Santorini 小島照片，還有當時活力、信念與目標也失去了。

我非常想念他，那個有目標，有活力，有憧憬的他。

「喂，想甚麼，不去那邊『劈酒 [1] 』？」來人竟是 Jackie。

「有點疲倦，你呢？」

「剛劈完回來。」我們各自點起煙。

我和她碰了碰杯：「我沒經驗，這次給你太多麻煩了！」

Jackie 瞪大眼睛：「怎會。你雖然新，但上手快，做事有條理，第二天晚上已不用我操心，還幫我搞定那班麻煩的演員，別對自己這樣沒信心。」

「是分內事。」

「我不亂稱讚人，我說你做得好，就是好，除卻表情總似個做錯事的小孩，膽怯，沒信心。」

「真的？」

「不是真的，我怎會來問你以後有 show，可有興趣來幫忙？」

看著 Jackie 和其他團員，或者除了享受這種一班人一起的感覺，還有這兩個星期的繁忙生活，那隻「墨綠色大笨象」一次也沒有出現。

於是，我說：「好！有事可找我幫忙。」

就是這樣，我多了一個新活動，只要時間許可，我都參加，錢雖不多，甚至

沒有，但也著實覺得好玩。

香港似是日本漫畫裡的未來都市，活在銅牆鐵壁下，要解決寂寞未必容易，可是要忙，總有千千萬萬種方法，皆因裡面住著千千萬萬個寂寞的我。

有了新嗜好作緩衝，連帶人也變得精神爽利。

「忙呀！忙呀！忙死了！」是我新近的口頭禪，不論對著同事朋友哥哥，我也是這樣說。

這班藝術人與蒲精，似《聊齋誌異》裡的妖精，都愛畫伏夜出，開會必然在晚上，結果時間都給磨掉，忙得要死，一回家連澡也不想洗，立刻上床睡覺；當然，也有空閒時間，幾個朋友、炮友、大哥、看小說、塔羅牌、「三低製作港產片」與朱古力蛋糕，已夠我把餘下的時間擠得滿滿，那有空去胡思亂想。

最好沒空胡思亂想。

雖然，偶然那隻「墨綠色大笨象」仍會出現，但似乎已不太可怕了！

忙碌的時鐘又從由晚上十時變成清晨六時，年

1

劈酒：即「鬥酒」，香港人比較暴力吧，連喝酒，也要用劈的！

曆由二零零一年變成二零零二，這一年，香港經濟自二千年的科網股爆破後一直無起色，持續通縮；這世紀最弱能白痴難看的 PARA PARA 舞紅遍香港；《2046》劇本終於完成，正式開拍；周嘉玲攻不進荷里活，回流香港，在一家高級百貨公司任公關，偶然客串電影；蘋果電腦推出 iPod，我也終於放棄MD 機轉用 MP3……日子繼續過，終於，又到六月，我生日。

整個五月都有點心緒不寧，比平常吃多了點朱古力蛋糕。

去年「那件事」歷歷在目，本來絕對絕對絕對不想慶祝，結果凱西和 Leisha 仍堅持要約我吃飯，我答應了，可是我一直說：「就只你們兩個好了。」

生日那天我沒上班，來到健身室，重點自是「練奶」。

有哪個基佬做 GYM 重點不放在一對「奶」上（或是別人的奶上！），嘿！結果路上多了一大堆巨胸瘦背幼腿的「鳥腿人」。

所以謹記格言：「做 GYM 不做胸，床上一半空；但做 GYM 只做胸，到老一場空！」所以……我自然也得「練奶」，不過誰說最終目的是吸引男人？

我現在就是沒男人，做 GYM 是為了身體健康；沒有男人，更得把自己好好打扮——漂亮應是為自己。

舉重後再跑四十分鐘，一身臭汗，洗過澡，離約會時間尚早，來到蒸氣室；裡面六個人，兩個全裸，其他，眉來眼去——原來愛情都蒸發到蒸氣室！

站近門邊，低下頭，看著一隻隻腳來來去去，這時門打開，一陣冷風把一個

男人吹到我身邊。

一股熟悉的味道滲過來，我斜眼往上看，蒸氣中，似有一座肉山站在前面；那男人不年輕了，皮膚比我還要黑，頭大，很大的一個正方形，肉是多，可是肌肉似有點走樣，卻很性感，而且胸前竟有胸毛，緊貼在胸前，小肚腩掛在他身上，卻不覺是負累！

感覺他看著我，我雖淫賤，可是在公眾地方，還是不要了——除非是吳彥祖！

笑了一下，再低下頭，匆匆離開蒸氣房，洗澡後回到更衣室，穿著一條開始流行的低腰牛仔褲在鏡前塗面霜、做頭髮，鏡子中，皮膚給蒸氣燻成粉紅色，鮮嫩細膩，我最愛自己這樣子。

這時旁邊磊落大方的來了一個人，自然是「肉山」；已穿好衣服，不慌不忙，站在我旁邊吹頭髮。

沒有蒸氣，對著鏡子，四處是燈，鏡子倒映四方八面前前後後排山倒海般湧過來，沒法子不把他看個更清楚。

這個男人，真似座山，身體壯碩魁梧，手腳粗長，足六呎二；頭髮已不算多了，兩旁剪得很短很短，見肉，耳邊到下頜都是短鬍髭，稀疏地帶點銀絲，似黑夜裡的星，一閃一閃的；大方臉上是大耳朵、闊額、直大鼻子、厚嘴唇、雙眼皮，表情粗獷沉著，滄桑而男性化；似剛下班，穿深色西褲，黑皮鞋，配上身一件藍白色條子綿質恤衫，兩邊手袖給挽上去，那質料顏色穿在這樣的一個身體上，簡直似一張床，叫人躺上去安心睡覺。

我心裡納罕，不知躺在那胸膛上是怎樣的一種滋味？

「你之後有空嗎？」他對著鏡裡的我說，聲音帶磁性，沒有笑，磊落大方。

我也對著鏡：「約了人。」

「要再見面嗎？」

「手沒空。」我正把髮泥塗到頭上去。

「我有。」說著從桌上拿起我的手提電話，把號碼按上去：「不妨礙你，先走。再見。」

過程不足一分鐘，看著他帶上眼鏡，拿著背囊離開，走起路來，一步是一步，沒有回頭。

就這樣走了，我輕輕罵道：「真驕傲！」

他，的確不帥，但給人感覺穩重沉厚，成熟男人的味道，完美的 father figure。

這種從外表到行為也很男人的男人，在現代流行雌雄同體，提倡 metrosexual 的直人社會中也屬罕見，何況是同志界。

從沒見過這樣的男人，他四十……二歲？

穿上衣服，拿起手提電話，想起剛才他拿起我的電話那種「如取囊中物」的感覺，我仍是輕輕罵：「真驕傲」。然後，當然把電話號碼儲存，沒有他的名字，只好打上：Father。

他知道，我一定會找他。

而我也知道，我一定會找他。

只是時間問題。

當一個人疲倦時，能抗拒一張舒適的床的誘惑嗎？

●

有關「你可有試過重遇舊情人，
然後竟想不起那時愛他甚麼嗎？」

我曾與友人 Ken 談起過：

有，當然有！不過大多數是我本身不想記起他，才會忘記他。

「不想記起？你們當年分手鬧得很糟糕嗎？」我說。

不！正確說法是我忘記了自己當日怎能愛他這麼多；當然理智上我分析當年為甚麼
愛他，智慧、氣質、魄力……但有些，在情感上根本無法記起，怎會等他電話到
凌晨、在他家樓下等他幾小時、為他哭至眼腫等等。不過我不會因為這樣而討厭自
己，至少我仍會尊重自己當年的選擇——我是愛他的。

我追問：「這情況到長大以後有分別嗎？」

那時太年輕，連自己的眼耳口鼻在哪裡也不知道，是我不夠愛自己；一個人在不夠
愛自己的情況下愛別人，如何能得到一段互相有溝通的愛呢？

「有沒有一些會記起，但很想忘記的舊情人呢？」我說。

就是那些幾年後再見，比當日分手時更成熟，更有氣質，自己當日選擇與他分手，
原來是一個錯誤的決定，有點後悔自己沒眼光。

我安慰他說：「說不定就是你拋棄了他，方才造就了他今日的成功呢？而且這樣也好，他成功了你亦是！」

—— Ken，38 歲，名校尖子出身，現為兼職 marketing consultant、瑜珈導師、按摩師，現有一名男友。

5.3

確是有一段時間沒有和 Phil 他們一起外蒲了，和他並沒吵架，原因是他口味有變。

自從他與西班牙洋漢分手後，很快，又重新投入戀情；真是佩服，好像永遠都不會累。

這次的男主角是個「肥佬」。

然後，他最愛去的酒吧，是在佐敦的「採熊村」，一個專為「肥佬」類而設的酒吧。

「不叫肥佬，叫熊。」Phil 糾正我的用詞。

「熊？正如 Eric 説，我們真會 marketing。真不明肥……熊有何可愛之處。上床時，一壓上去，保證斷骨。我有個相交多年，手藝不錯的跌打醫生，要給你電話嗎？」

「你不覺得抱上去，肉肉的，很可愛嗎？」

我伸手摸他腰，輕捏兩下，搖了搖頭：「上次和你們去『採熊村』，嚇得我沒命，隨手揀一個，等於我兩個，不！三個。玩捉迷藏，站在他們後面，保證找不到我。」

「只是你骨瘦如柴。」

我手摸著肚子説：「病那時可能是，現在，又做 GYM，又吃多了蛋白，你不

覺得我有小肚腩嗎？」

Phil 伸手來搔我癢，打鬧一會，仍堅持：「你瘦骨嶙峋，白骨精，還說要減肥，老老實實，你患上厭食症嗎？」我橫了他一眼。「說說看，為什麼不喜歡熊？」

「我覺得，你到 GYM 看看，大家努力做運動，小心節食，天天鍛鍊。做熊不用努力，只是吃吃吃⋯，然後又是⋯，吃吃吃，儲出一身肥肉與脂肪，又然後，忽然間變成好可愛！忽然間好多人鍾意！完全不用付出努力，不是吧？好不公平。」

Phil 邊聽我說，邊大口大口把東西塞進嘴巴，而我只一碟「切雞飯全走」（即最瘦的無皮雞胸肉與白飯，一點油水也沒有，可是卻能提供必要的能量與蛋白質，是增肌減脂肪聖品），看著他的沙爹金菇肥牛湯河粉，好想吃。

減肥時，「吃」對於我，只是充飢。

「你不明白，你說那種叫『豬』；做熊，除了吃，還要鍛鍊肌肉。」

「你是豬還是熊？我只見你在 GYM 裡遊蕩，看風景，涼冷氣。說回頭，你現在這個熊哥哥，還喜歡嗎？」

「仍在溝通中，還可以。」我喝一口熱檸檬水解渴，想起 Phil 第一個男朋友 Tommy 來：「那時 Tommy 真瘦，有一百二十磅吧？」

「大概⋯⋯忘記了。」

159

「認識了你這許多年，眼見你的男友，一個比一個胖。現在這位『熊』先生，我估計不止二百磅，名副其實，你找到個『多了一百磅』的幸福。」

「你好無聊！」

「喂！告訴我，這樣胖，『那兒』是否會縮進去，變得很小很小？」

「告訴你，」Phil 用雙手做出一個數字來：「別妒忌我。」

「無可能！你用厘米做計算單位嗎？」我大叫：「就算是事實，我也只會妒忌你有一張好床褥，能承受你們二人加起來做床上運動的重量與壓力，而仍未下陷。我，永遠不會愛上一隻熊！」

「你雖然不愛去『採熊村』，可是話不可說盡呀！」

「是嗎？」

「那到底你想要一個怎樣的男朋友？」

我想也不想：「我想要一個，他會對我說：『I love you just the way you are！』的男人。」

「這句是來自《Bridget Jones's Diary》嗎？這種對白害人不淺，你也會愛一個人 just the way he is 嗎？別忘了，戲裡的 Mr.Darcy 也愛 Bridget 胖呀！所以，話不可說盡呀！」

「是嗎？」

果真是一語成讖，我側身抱緊身邊這條「多了一百磅的幸福」的手臂；這條臂膀，真粗，真長，一條似已等同我上身的長度與重量。

在他家過夜多次，仍是會失眠，或者是他的鼻鼾聲太吵，我不習慣；又或者，昨晚的性交過程太激烈，身後仍有點怪怪的感覺。

見他睡死，我走下床，穿上內褲，幫他蓋好被子，輕輕關上門，斟了一杯水，從廚房窗門看出去；夏天，亮得早，窗外的天空有點藍，無雲，維港兩旁的燈火半開半關，但仍是漂亮至極點，每次看著都捨不得離開。

自小習慣看新蒲崗與東啟德明渠風景長大的我，這是第一次感覺到香港的迷人，璀璨，明信片裡的東方之珠。

為了這景色，難怪有這許多人願意自甘墮落，嫁也好，賣也好，上萬元一平方呎，也要搬到港島半山這邊來。

一點倦意也沒有，點起一根煙，想想如何和大家交待我怎樣愛上一隻熊。

應從小節高潮開始，還是從頭開始？

當然，一開始時，我並不知道他是富有的；更正確地說，比我大部份認識的朋友富有！

讀書時唸過 The Kubler-Ross Grief Model，內容是大概說人面對死亡或重病

必要經歷的五個心理階段：否認→生氣→討價還價→沮喪，最後自會接受現實。

不能到達接受現實的人，大概跳樓自殺。

自上大學起，經歷喪親重病失戀沒朋友，事情一件比一件棘手，一件比一件糟糕。

本來習慣依靠朋友，最終靠山山會倒；現在，最親密的戰友是日記簿。

只有對著它，我才放心暢所欲言。

對人的信任，對自己的信任，跌至很低很低，由開始的不信，到無緣無故的生氣，沮喪，幾年間在這幾種情緒中來來往往起起落落周而復始，自然變得知覺麻木，同時對一切事物皆失去了信心；現在不得不妥協，但是心已給封印住，對命運，不得不罰抄一千次「服」字，我的心再不懂得跳了。

唯有用很古舊的方法──忙碌，去填滿自己的空間，等待病情好轉的一天。

不過，如何難過的日子也總會過的，那陣子身邊有幾個 fuck buddy 曾向我表示過想有進一步發展。

2 號炮友 Carl 最積極，某天在我家做愛後，抱著我看電視《無頭東宮》，他似不經意地說：「哈！有時或者不必做愛，一起看看電視也就不錯了。」這句幾乎細不可聞，卻終歸給我聽到了。──當然，他是說給我聽的！

突然一陣反感，我們說清楚，是 fuck buddy，台灣叫炮友，香港人叫波友，fuck buddy 又怎何能變成情侶？

這問題《Sex and the City》早在兩季前就討論過，Carl 到底有沒有看？

怎能不看《Sex and the City》？罪犯滔天！

可是我到底仍要人陪伴，繼續裝聾扮啞，間歇性失聰：「你要吃蘋果嗎？」

經過這段日子，雖說自己仍未準備好戀愛，但有哪個人不希望有人疼惜？

何況我這類型，一向身處戀愛中，或是隨時準備再次投入戀愛中。

有時夜深人靜，睡不著，想想可否考慮 Carl。他是三十八歲的中年（壯年？）人，小圓臉，為人老實，做一份穩定工作，一世升不上天，下不了地，臉上也許有點風霜的痕跡，但都不大覺得，歷史似沒有在他身上留有記號。他就似兒時同學鄰居一個會帶你去買雪糕汽水的友善叔叔舅舅之類；只屬一個類型，沒有一個獨特的樣子。他對我特別的好，每次見面，定必買好宵夜，一打一打可樂啤酒擠進雪櫃，有空給我送一兩個SMS：「今天要努力工作。」「舞台劇後台忙嗎？」「你感冒了別太夜睡。」……他樣子不突出，工作不突出，是個平凡的老好人。

和他戀愛，定必克盡己任，給我他最好的東西。

可是……好人？

好人，我試過，Kelvin 不就是這樣的一個好人。

好人，未到結局就變成悶人。

好人？世上又有幾個壞人？

我在日記簿上面寫：「Clive，你已廿九歲，重返戀愛世界，不能由這樣的一個平凡好人做序幕。至少也要找一個見到他時會手心冒汗的男人，令到我的心能再次跳動的男人。」

寫到這裡，心裡想：那天在健身房碰上那個「似山」一樣的他。本來是不想打電話給他，想在 GYM 裡再來一次偶遇，較自然大方不做作。

可是這幾天在同樣時段在健身房，都看不見他，結果因為他沒有我的電話號碼，只好由我打電話給他。

「喂！」

「喂！」

「記得我嗎？」

電話那邊沒有半秒停頓猶豫：「你是那天在 GYM 裡，皮膚黑黑，用髮泥做頭髮的靚仔。」

靚仔？我偷笑：「記得那樣清楚？」

他聲音低沉地一件件數下去：「你穿紅色球鞋，深藍色低腰牛仔褲，大眼睛，短髮，嘴角上有痣，手指瘦長，髮泥盒子是銀灰色，還有⋯⋯你是凸乳頭。」我聽著他邊數邊驚訝，心裡一陣亂跳，手心冒汗。

「嘩！你在香港特區警察認人組工作？一星期前的事，看一次就記得這樣清楚，沒可能。」電話中我笑著，語調輕佻。

「因為，那天我看了很久，然後一離開你的視線範圍，就立刻拿紙筆寫下筆記，貼身而藏。希望有一天你打電話來，用得上。」

「是⋯⋯是嗎？」電話說到這裡，不知是真是假，但想起這個男人的樣子，這樣心思，我已經死了，再聽到這句：「你叫 Clive 嗎？你好，我是Kelvin。」

我定必死無全屍。

那天晚上，我和他一直調笑，直到我的室內手提無線電話無電才掛線，我們約好第二天晚上去看《金雞》。

在戲院門口等 Kelvin，老遠就看得見他，步履穩健，如一座山般壓過來。

今天依然是深色西褲，上身穿了一件半企領的綠白色直條子麻質恤衫，鈕鈕只到胸前，看得見頂上的胸毛，恤衫沒放進西褲裡，手袖仍是捋起，看上去，仍是似一張床。——我突然渴睡累起來。

是七點半場，進場前，他到旁邊的麥當奴快餐店買了兩個麵包，放進背囊，

到戲院關燈，悄悄在我耳邊呵出一口氣：「你愛吃牛還是豬。」

「豬。」他遞給我一個豬柳蛋漢堡；不用問，懂得買兩個不同類的漢堡包，可見他的細心。

電影開場，一口一口地咬著豬柳蛋漢堡，一陣感動，被喜歡的人照顧的感動；一個豬柳蛋漢堡已足夠收買我。

《金雞》是齣好戲，雖然吳君如仍是《霸王女福星》中那把大鬈曲頭髮，也搞笑，可是眉梢眼角處，處處有戲，又快樂又悲哀，這大概就是人生，在最難面對的時間，懂得苦中作樂，也是種福氣；不然，也不會拿到「金馬獎影后」。

這分析是第二次在家看影碟時的感想，因為在戲院裡，Kelvin 在我手取過豬柳蛋漢堡包裝紙拋棄時，已輕輕拉過我的手，放到他大腿上，背囊下。

他的手大，卻似無骨，淨是肉，沒有結繭，有力乾淨，厚實溫暖。

大手輕易地把我的小手全包裹在裡面，然後他一根一根地搓揉我的手指，一吋一吋，一個指節，一個指節地感受上面的紋理，直至我冒出汗水。

同時，我也摸清楚，他的指頭也是骨大，粗壯，闊指甲，一根抵得上我兩根。最後，我緊緊握著他的大姆指，大小剛好，似剛出生的嬰兒，緊握著父親的手，那樣無力，連人家的一隻手也握不住，只配抓著一根大姆指。

也許不再年輕，不用那許多拉鋸猜度，既然心會跳，就愛吧，為了他，我願

意再受那「開始戀愛十部曲」之苦。

散場後，我們排了十五分鐘隊，在廟街吃馳名煲仔飯，我負責買戲票，晚飯由他結帳。

離開飯店時，他說：「我送你回去。」

我心中竟覺尷尬，不願他送我：「不太好吧，我沒執（收拾）屋，況且，也夜了，我坐小巴回去可以了。」

「如果我堅持呢？」沒等我同意，已伸手叫了計程車，把我推上去。

「住哪裡？」

「司機，請走窩打老道，轉彩虹道，去東頭邨。」

在計程車裡，他又握著我的手，我有點迷惑。

OK！Clive，先冷靜，組織一下。

從以往的經驗，男人這樣握你的手，然後要送你回家，定必另有所圖。

我不想這樣就完結。

約會之前，也想過我們是否只是純粹一夜情（可是一夜情是不會去看電影及吃晚飯的！），好一點的結局是進化成其中一個 fuck buddy；這是我最近的

交往模式。

可是，今天約會一切順利，他又是這樣成熟穩重，我估他有四十二歲，難道還流行年輕人的玩意？

難道，他有男朋友，甚至結了婚，出來找散餐？

極有可能，看他那副打扮，絕不誇張取巧，簡單西褲，條子恤衫，簡單卻有味道，愈簡單就愈難穿得好看，剪裁布料有點不對勁，登時露出馬腳，別妄想穿上 7 號曼聯球衣就是 David Beckham；到 Giorgio Armani 買件西裝就是才俊；要是人生這樣容易，一整個中環的白領都是年青才俊了。

胡思亂想中，計程車已到了東頭邨，下了車，兩人呆呆站在街上。

這時候，不得不開口：「你要上去坐嗎？」聲音抖震得似初次約會，我不明自己為何會這樣緊張。

「我多擔心你不開口請我上去，我想去洗手間。」

我笑了出來，領他往前走，喋喋不休：「我住這裡，前面白色那幢是我讀的小學……」總要想點東西來說，怕靜，我會胡思亂想。

來到家門前，本想先把他推到門外，先好好收拾一下，可是我突然想起要找個對我說：「I love you just the way you are！」的男人，就毫不掩飾，讓他看我的真面目；愛就愛，不愛拉倒。

心裡雖這樣想，可是當大門打開的一剎那，也確實尷尬，臉似火燒。

臉上紅潮未退，Kelvin 已從洗手間出來，我在廚房燒開水，抽煙。

他站在廚房門口說：「對不起，」轉頭一看，見他手中拿著一隻破拖鞋：「我把你的拖鞋弄破了。」

「你的腳有這樣大嗎？不要緊，給我，」把鞋丟進垃圾箱：「要喝茶嗎？」

他來到我身後，手輕輕放到我肩膀上，頭靠近我耳邊又呵出一口氣：「這種時間不是應該煮咖啡？」

「我不喝咖啡，只有茶。」

Kelvin 又親了親我後頸：「你的耳背、頸項非常幼滑，很誘人，尤其是這連著髮腳的地方，」用手背輕輕掃撫我的後頸，一綹綹地拿起頭髮把玩；別看他手粗，那觸覺輕得似一條羽毛：「喝了茶之後就要做愛？」

聽到他這樣說，剛退下去的熱又上來了，更是紅得發燙，竟燒至脖子去，下身馬上硬起來，可是頭已沒有空間再低……等等，我又猛然抬起頭，他剛說我頸項性感好看，竟不知恥地繼續低下頭來引誘他。

人老精，鬼老靈，Kelvin 似有雷射眼，一望就看穿我。

真古怪，又不是沒與男人相處的經驗，有時還嫌太多太雜太亂，可是他喜歡這樣光天化日明刀明槍甚麼都放到檯面上去，反而不懂如何招架：「這是一

向的規矩嗎？」我轉過身來看他的胸口。

「你希望這是今晚的規矩嗎？」他反問我。

Kelvin 伸手取過我的香煙，吸一口，然後擠熄，伸手把我抱到廚櫃上，大腿剛到他腰身。他半弓身，靠近我，把我一雙腿分開圍著他腰間，手抱著我的後腰，似一個做愛的姿勢，頭靠到我臉旁深嗅了一下，微笑著；近看，他嘴角兩邊往上翹起，他深邃睿智的眼肚上有明顯的幼紋，法令上額頭上亦見皺紋，但這些紋理反而增強了他的吸引力；我心裡喜孜孜的，跳得很厲害。

我說：「我剛抽過煙。」

「我亦是。」

厚嘴唇馬上碰了一下我的嘴巴：「你這人很真，沒有試圖掩飾，很好，別為我戒煙。請記緊著，我們第一次接吻是我主動，卻是你引誘得我不得不吻你。」

猜不到粗獷男人的嘴唇竟能這樣又濕又軟，先是一碰，再一碰，然後緊貼著磨進去，愈來愈深，舌頭伸進去吸，啜，挑，逗，撥著我的舌頭、神經、靈魂，然後把手放到我後臀，把我整個抱起，走出廚房，我不得不手腳並用，手繞過他頸項，似一隻樹熊般抓緊樹幹，終點落在梳化，讓我坐倒在他大腿，解開我恤衫第一粒鈕，往我下頷頸項親下去，吻皮膚上那鹹香，舌頭挑撥乳尖，用短鬚磨我面頰，我抱著他的頭頸，滿懷是男人的味道。

這吻又從頸回到嘴巴，面龐，鼻尖，終於停下來，緊緊抱著我；我還以為他會繼續。

「今天晚上，這樣子差不多。」

來到這地步要停下來，當真不容易，所以聽他這樣說，心裡自然高興，表明不是一夜情，來日方長，即時放下心來。

「那還要喝茶嗎？」

「有甚麼選擇？」

「香片、綠茶、麥茶和 Earl Grey……茶包。」

拿著兩杯綠茶出來，然後我們沒有再深吻，我回原位，坐到他大腿上，閒話家常。

多是他問，我答；他很少說自己的事，我亦沒有問。

這是我最近學懂的道理，男人要說，自然會說；他不說，即時間未到，信心未夠；強迫他，等同迫走他。

況且，多掌握他多一點個人資料，並不見得會令我愛他多一點，他愛我多一點。

半小時後，要走了。

臨離開時，他幫忙把茶杯放到廚房裡去：「你會做飯？」

「連這個你也知道？」

「不會做飯的人怎會用生鐵鍋！有甚麼名菜？」

「黃金蝦球、東坡肉、蒸魚⋯⋯咸菜胡椒豬肚湯。」

「會做苦瓜炒蛋？」

「我不吃苦瓜。」

「那苦瓜炒蛋由我來做，你買好材料，星期六，我七時到。」

他說罷親了我後頸一下，離開了。

門關上，我來到露台邊，看他上計程車，半分鐘後，收到他的 SMS 留言：「多謝你，我今晚很愉快。」

我呆呆地撫摸著唇邊，剛才給短鬍髭刺得赤痛，似給人打了一巴掌，熱辣辣。

對於那天的約會，我在日記簿上這樣記錄：「當真大男人，所有事情似知我逃不過他手心，似落命令，我又不是他下屬，平常我早就發脾氣了，可是對著他⋯⋯大概他已把我當成他的另一半，男人對自己人才會這樣放肆；還是真有男子氣概的人都是這樣子？又或者他知道我喜歡他，所以不介意，就正如他不介意我抽煙。愛一個人，不是要似《Bridget Jones's Diary》裡的 Bridget 說，找一個會說：『I love you just the way you are！』的男人嗎？」

●

某天晚上，我和林先生説起這句經典電影對白：

「I love you just the way you are ！」是否害人不淺？

每對戀人，剛開始戀愛的時候，都可以容忍對方許多東西，有時候，就算有些嘔心的事實，都會覺得好可愛呀！好得意呀！

但是，這些好可愛同好得意，是否夠他們食一世呢？所以，不要説出違背自己良心的改變，但是，如果是某程度上的改變，而又可以令關係更加好的話，何樂而不為？例如：一個性格內歛的人，對方覺得一個回家的擁抱是多餘與肉麻的，但如果另一方覺得這一件事是很重要，覺得是他自己在對方心中有重要性定位的話，那做一件這樣的小事，大家也高興，何樂而不為呢？

「I love you just the way you are ！」，剛認識時聽到，的確是一件好 sweet 的事，但生活磨人，相處都一樣，其實，都是在講一樣東西，那就是磨合。所以這句話，要等到大家有「足夠」愛的時候才合適，如果愛是不夠的，就算你全都遷就對方，也都沒有辦法了。這句話，根本上同童話一樣，騙人的！

「那即是説不能以這句對白做目標？」我説。

再醒你一句，基佬找男人，一定是樣子先行，除非，真係認識了一陣子，從無感覺到認識都 OK 對方，又是另一個話題。又或者説，放眼現今世代，有幾多個人戀愛，是因為親朋戚友話對方人品好、又顧家的？一開始認識，第一印象已佔 70%，又或是，幸運地有人肯和你上床，之後還能傾談，然後還願意與你再上床，都已經可以是一次感情的機會，只是看你如何處理。記著，情場如戰場呀！有機會就去去去，

不可能等，亦不可能守！

我說：「的確，有多少人真心愛一輩子照顧孤兒，做學問，開花店，賣身給工作，然後永遠獨身？」

—— 聞名於《志偉私記》中的林先生，41歲，經理、酒女、蒲精三位一體，現身處一段關係中。

5.4

「這黃金蝦味道如何，很久沒煮，我嫌咸蛋黃醬煮得不夠散，確是手藝生疏。」

Leisha 説：「好吃！蝦更乾身一點會更好？」

「你知我一向喜歡吃『許記私房菜』，你很久沒有煮了。為什麼今天這樣好興致？」凱西説。

「太久沒煮，技癢。你們喜歡就好！要多一點湯嗎？」

凱西咬著東坡肉：「怎樣，突然煮飯？又有新戀情，找我們預演嗎？」

我揚了揚眉，笑得有點鬼祟：「有嗎？怎麼我不知道？」

「明！怕小器。」

「唏！又不是女人懷孕，那會怕小器！」然後，兩個女子笑而不語，轉説凱西新公司遇到的怪客人。

或者不止對情人，與朋友相處也應是這樣子，人家不説，別要相迫，一切盡在不言中。

可是……戀愛是看得出來嗎？

的確是看得出來的。

不止是她們認識我太久，這幾天連同事也有點怪怪的：

「Clive，怎樣了？有戀愛嗎？」

照著鏡子，看看有甚麼不一樣。

樣子順眼，雙目有神，笑臉迎人，連「少女魔童」也給我的氣勢壓住，沒有給我找麻煩；這樣子，總是好事，不是壞事。

可是，我真的在戀愛嗎？

自那一晚以後，他每天也給我電話，談談瑣碎事，內容簡單：

「喂？今天好嗎？」「好！你呢？」「我不錯，不用加班。」時間不長，卻令人心安，我開始向他學習言簡意賅的表達方式──只有年輕情侶才希望把電話移植到身上去，每天談廿四小時電話也不覺累：「你有掛念我嗎？有？有多掛？愛？有多愛？」──嘔！

雖然，到現時為止，除了他的名字叫 Kelvin Yu，在灣仔上班，與他的聯繫只有一個電話號碼，其餘，一無所知；可是我卻清楚自己是喜歡他的直接，說話沒尾音，有威嚴，完美壯年男人的形象。

「喂，Carl 嗎？今天晚上不行……不，不是不舒服，近期工作忙，想休息。好的，再約吧！」

星期五，我準備好明天晚餐的材料，放下心，吃著朱古力蛋糕看剛買回來的《Sex and the City》第四季 DVD，Carrie 周旋在兩個高大男人 Mr. Big 與 Aidan 之間，我想起 Kelvin。

唉！Carrie 這麻煩女，最愛無風起浪，你看 Miranda、Samantha 甚至 Charlotte，目標明確，多瀟灑直接！

她是想得太多。

如能解決 Carrie 的戀愛煩惱，我理應可以統治世界。

我不貪心，Big 與 Aidan 隨便給我一個便好了。

Kelvin 是那種甫見面就能給你心跳感覺的男人；Carl 是做了多少次也沒有火花，沒心跳感覺，手沒有冒汗。

這是身體機能，自然反應，賀爾蒙分泌，神經線反射，有就有，沒有就是沒有──愛確是不公平的！

經過一年處處是「墨綠色大笨象」的抑鬱沮喪生活，我更急需 Kelvin 給我的成熟穩重感覺。

星期六，Kelvin 準七時來到，我自然已收拾好房子，飯後，他幫忙洗碗碟，公屋廚房的確小，兩個人緊緊擠在一起。

「你當真不愛吃苦瓜？」

「剛才試了一點，只有苦味。你為什麼愛吃這種東西？」

「一口咬下去，的確是苦，但慢慢有點回甘，還有點甜。有沒有聽人說過，

本來不吃苦瓜的人，到一天會突然愛上它，那就代表生命已走了一半；開始懂得嘗苦，且苦盡甘來，卻已經時日無多。」

抬起頭看著他，呆呆地想他的話，好一會兒才說：「但至少還有一半是甘，總好過一直是苦。」

他吻我嘴唇：「你的樣子很古怪，看上去很年輕，似二十出頭，可是眉梢眼角，卻有老年人才有的憂悒，你沒可能不愛吃苦瓜。」

我聳聳肩：「你喜歡今天的菜嗎？」

「喜歡！知你放了不少心機進去。」

「是嗎？」

「時間放在哪裡，是看得出的。這裡交給我，你煮得一身是汗，先去洗澡。」

又下命令，依舊無尾音，但有威嚴，且指示清晰——大男人——可是對著他，很自然，沒抗體，不會想出抗拒反對的理由，乖乖地走進浴室，脫衣，擦牙，洗頭，洗身，抹乾，塗面霜……過程中，一直禁不住下身的堅硬。

或者他是對的，明知要做，還擺甚麼姿態？

圍著一條大浴巾走出去，就似我倆初次在 GYM 的蒸氣房碰面的模樣。

廳中只亮了一盞地燈，昏黃的，暗的，茶几上點了香薰蠟燭，播放著那英的

《征服》。

Kelvin 樣子放鬆，舒適地半躺坐在梳化，剛才喝了點酒，臉色朱紅；恤衫敞開，胸前毛茸茸，看上去稠密柔軟，襪子脫掉，赤腳，穿著我新買給他的 45 號拖鞋，在看書。

這個姿態似是中國古廟裡的神像，莊嚴素淨肅穆祥和，我看得呆了，心裡也安定了，家裡就是欠這樣的一個男人來「鎮宅」，難怪家宅不靈，諸事不順。

Kelvin 看見我，微笑放下書叫了聲，向我招手：「過來！」

走近梳化，自然地跨腿坐到他大腿上，他自然地抱著我：「我喜歡你洗完澡後，皮膚紅彤彤，手腳一截一截的粉紅色，似根蓮藕。」

「估不到你愛看小説，還要是《怨女》。」

「我也估不到你有整套張愛玲。」

「是！我的樣子比較似文盲。」

Kelvin 竟點了點頭：「遠看有一點，近看就完全不是那回事。」

「近幾年才開始讀得懂，有一次碰上書局結業大減價，索性全套搬回家，有空溫習溫習。」説著把頭枕到他肩膀上，胸膛緊貼，深深嗅著他的氣息。

他在我耳邊吹氣般呢喃，聲音愈來愈低沉：「我大學修比較文學，那時書不

離手；可是開始工作後，很少看了。現在比較多看李敖，」這是他第一次說自己，簡單幾句，我也如久旱逢甘露，似塊海綿用力吸啜，不敢作聲。

「你很少問我的事情，對我沒興趣？」

「不！很有興趣。不過你想說，自然會說。況且我知道你比較多，並不見得會因此更了解你，亦不會令你更愛我。有時，我是怕自己問得太多，話太多，嚇跑你……我以前嚇跑過好一些人；查根究底，也是因為我自小多話，口不擇言，闖了很多禍。」

「是嗎？錯了不怕，三十歲不到，仍算細，還有很多機會錯，從錯誤中學習。」

我握著他的手：「你也細。」

他又笑起來：「你很有趣，也很 sexy。」

感謝主，終於有個男人不是說我「好 cute，好得意」了！

Kelvin 開始吻我，嘴巴封住我的嘴，手撫弄我的胸前腰腹，輕輕從大腿邊輕捏邊往上探，到盡頭鬆開大毛巾，他定眼看著我的裸體，把我整個抱起，放到矮小狹窄的單人床上。

他坐在床邊地氈上，高度剛好，細看一陣子，厚掌輕撫，在我身上溜走，仔細欣賞：「真滑，怎能做 GYM 不用手套也不起繭？怎能大腿一條毛也沒有？怎能連腳底也是滑的？」然後才吻我精瘦的身軀，從腳底開始，手不停在我身上摩挲，帶力，帶熱；我半側身伸手到他胸前，似摸一隻小貓，飽滿的、

具生命力的身軀，毛髮果然如想像中的柔軟溫馴，用嘴巴吻，吸啜他的乳頭，直至他受不了，目光迷離散渙，站起來脫下恤衫，把眼鏡放到床邊的櫃子上。

屋裡雖只有微弱的光，但已足夠看清楚他。

Kelvin 體格雄偉豪壯，胸肌墳起，又不似單靠做健身而來的死肉，下面是小肚腩與圍著下腰的 love handle，看起來卻非常搭配，展現著壯年男人的姿態；手臂粗壯，胳膊圓鼓，胸前的毛髮自乳暈起往中間擠，一條線直通往肚臍，長褲下。

從前，我絕對沒有想過看一個壯年男人脫衣服，也可以這樣秀色可餐春色無邊活色生香……

索性半倚著牆邊坐起來，神色自在，手互抱在胸前，一副：「看你表演。」的樣子。

Kelvin 樣子倒也磊落大方，鬆開腰帶，褪下褲子，只餘灰白色條子四角褲，褲子前已見濕潤，褲後面臀部渾圓挺翹；大腿自然是粗壯的，似能撐起天地，上也滿佈黑毛，和胸口的不同，是短而卷曲。

我忍不住，嘴角含笑，「嘻」的一聲，他竟有點害羞，手叉腰，側過頭笑：「你這眼光，想把鈔票放進我褲頭上嗎？」

我跪在床上，把頭埋到他胸溝，臉孔磨擦他的胸毛，手抱著 love handle，竟有點「沙沙」的聲音。

手埋進我頭髮堆中，推近他胸口，很緊很緊，沒有一點空隙；我閉起眼睛，終於知道埋在他胸口的感覺，那天在蒸氣房裡的夢想竟能成真，我細細感受這一刻；他的胸膛壯闊，肉厚柔軟，枕上去，定必令人有一夜安寢。

我抬起頭要他吻我，他的體味與淡淡鬚後水的清香混在一起，似他應有的味道：不瘦亦不俗。

再從他身上一直吻，舔，啜，手慢慢褪下他的四角褲，目光帶點貪婪……OK！來到這兒已近乎有點色情小說格式，可是，我無法不寫下去，尤其是當我脫下 Kelvin 的四角褲之後，我見到的……MR.BIG！

嘩！……嘩！嘩！

到現在我才驚覺自己是井底之蛙，可是，就當我不是閱男無數，這實在是驚心動魄。──雙手似握著一支標準裝「獅球嘜花生油」。

不是「size doesn't matter」嗎？

嘩！我抬起頭看著 Kelvin，樣子應是嚇呆，甚至有點青。

看 了 四 個 season《SATC》，終 於 明 白 Carrie 為 什 麼 叫 MR.BIG 做 MR.BIG！

男人的陰莖，可以有千千萬萬種稀奇古怪的形狀，也各擅其長，可是，這是我第一次見到男人的陰莖時，有恐懼的感覺。

怎辦？

大概 MR.BIG 也有點習慣這種表情，抱起我說：「我會慢慢來。」

為了愛他，唯有放手一試。

他躺到床上，我們再次熱吻，他整個壓到我身上去，重，但沒有想像中的無法承受。我轉過身，他直舔我的背脊，然後，一直往下，嘴舔，手輕撫，做著放鬆的運動，終於……「呀！」我似掉進深谷裡去。

那天晚上，努力了個多小時，用了半支 KY，蹲得大腿痠軟，始終不能完事，我放棄了。

最終，我們互相手淫了事……事情突然間變得極不浪漫。然後，一起洗了澡，在那細小的三呎半單人床上躺下，人大床小，我倆側身睡，他在後面抱著我，腿微屈，我面對著他，睡在他手臂上。

「對不起！」我的手放到他胸前說：「我實在痛得要死！」

「了解，下次或者會放鬆得比較好。你不會是第一次吧？」

Kelvin 語氣溫柔，手輕輕撫著我的頭髮。

我用手揉搓著他的乳頭：「我不信你會有處男情結。我不多做……後面。」

「慢慢來，會習慣的。怎樣？仍很痛嗎？」

「有點。我想要等到你說的苦盡甘來，不知等到何年何月。真不明白那些人，常說要大！大！大！似去了澳門賭場。」

Kelvin 只是笑，手按摩我的臀部：「如果我們以後都做不了，你不會見我吧？」

「不見得做不了就不見你，我似這樣膚淺的嗎？」

「我們還會見面？」

「我知道你在想甚麼……我不是個好的男朋友，」他頓了一頓：「我咸濕（好色）。」

「沒有試過長期戀愛嗎？」

「兩年，是個教書先生……後來有一次，在網上找了個人，給他發現，走了。其實真相是我一直都有上網找人，他不知道而已。」

「我也不是個好男友，每次分手後，和前任都做不成朋友。」

「你欠缺朋友？」

「我……」我眼神閃躲，不想在他面前說謊，他好奇的眼神變成關懷的目光，自去年生日以來，苦苦支撐了一段日子，沒錯，我很忙，找很多方法自娛，生活步步為營，朋友與同事間的評價也彷彿提高了，我似乎過得很好。

老闆也說：「Clive 成熟了，在部門中算是半個大佬，可以帶新人了！」

但其實，我真正的感覺、觸覺已給封住，不論多大的事情發生，自然變得冷靜，有冷眼才能旁觀，見死不救，可是這不是我，我每一天都過得很痛苦。

可是我不敢造次，每天早上，我都提醒自己，現在僅餘這一丁點東西，一份工幾個朋友，也得來不易，要守亦是難。以後日子，要好好珍惜，天天感恩。

每說一句話，每走一步路，也得小心翼翼，沒有反應，怕人家嫌自己高傲無禮；過分熱情，又怕人家嫌自己過態失言，只要在公眾地方，不管坐或企，吃或喝，彷彿有無數人緊盯著你，拿著 appraisal form 剔剔剔，手手腳腳都無處容身，感覺是幼少卑微，似回到六歲；可又不是六歲，在外面受了氣，回家可抱著媽媽嫲嫲姐姐大吵大鬧大哭一頓。

在這世上，我沒有一個家，無論我表現如何出色，亦揮不去自己是一個人，如何表現得體，終歸是隻多餘的哺乳類動物。

在同志圈，找男朋友難，難得有了一個，都似要保持高雅氣質，連結交一個男朋友也不能盡情哭哭哭哭。

可是在 Kelvin 面前，那種壯年男性氣息，那能頂半邊天似的態度，圍繞著我，對於從沒有父愛的我，面對這種壯年男性的關懷反應很陌生卻又很強烈，我招架不住，突然又回到六歲或者十二歲甚至二十歲，四邊的圍牆突然崩塌，「轟」的一聲，一年來的委屈似決堤，一下子全傾瀉出來，我開始哭，眼淚一滴一滴，忍不住流下來。

Kelvin 沒給嚇倒，他坐直身子，拉過我的身體到他懷抱中，大手掃著我的背心，口中唸著：「放心，放心，明白，明白，有我在，有我在。」他愈說，我愈是哭。

對著 Kelvin，我放下心來，盡情撒著嬌，盡情哭，抽泣，咳嗽。

這是我這輩子第一次在家人以外地方哭成這樣子。

良久，我停下來：「對不起。」

「別對不起，你哭的樣子也好看。我只是關心你受到甚麼委屈嗎？」

我低下頭，慢慢說起過去數年的不如意，對社會，對朋友，對自己的失望。

或者，這亦是我第一次向別人這樣剖開心扉，說罷，舒服了很多。

看看鐘，凌晨二時半：「對不起連累你不能睡了。」

「不要緊，我愈來愈喜歡你，要試試拍拖嗎？」

我咧開嘴笑說：「你想？那就試試拍拖。但你是否仍保持著上網找人的習慣？」

「我盡力不會，但不能保證。那……是否仍要繼續。」

既然不是「open relationship」，只是有可能「出軌」，那就算了，哪個男人沒缺點？

何況當我們要求對方說「I love you just the way you are！」的同時，我們又是否會向對方說同樣的話呢？

我毫不猶豫，即時點了點頭：「可是……除卻你的名字，其餘的，一無所知。」

「你不問我？」

「我不敢。」

「我有這樣恐怖嗎？」他擠壓自己臉上肌肉成一張怪臉。經過這半晚折騰，他的面孔亦沒有之前的繃緊：「以後對著我，說話不用三思，雖然你經常低下頭想東西的樣子很吸引。」

「可能只是我特別膽小，受不起驚嚇。」

「來日方長。不如……你肚餓嗎？想吃宵夜嗎？」

「廚房裡沒東西了。」

他伸展著手腳說：「起來了男朋友，穿衣服，我們去吃宵夜，然後到我家睡，你這張床實在太小，我睡不了。」

「半夜三點？」

拿起我久沒出鞘的「One Night Stand Kit」，想想還要帶甚麼東西，Kelvin在我身後怪叫：「不用帶隱形眼鏡，快點，很餓。」

坐計程車過海，來到銅鑼灣「點心皇」吃點心，喝奶茶。

我也曾是蒲精，半夜三時許，是從 A 場轉至 B 場，即卡拉 OK、酒吧轉到 disco、rave party（當然之後還有 after party）的高峰時間，銅鑼灣當然人山人海，一如白晝，我們兩個衣冠不整，頭髮亂七八糟，坐在「點心皇」，看著一店子的蒲精，有點突兀，怕碰到熟朋友。

Kelvin 不理，自在地吃吃吃，我也學他的從容，可是修為不足，眼斜睥四方；半夜三時，喝了幾小時酒，在最美麗的戰衣下，蒲精各自粉退花殘面目模糊慘不忍睹面油如泉湧，還有多少人有整齊眼耳口鼻？可是都喝得半醉，似不覺得。

真不能相信一年前我還是其中一分子，難怪，那時這樣容易有男人，又這樣容易失去男人！

想到這裡，看看 Kelvin，也不怕碰到熟朋友了。

離開「點心皇」，Kelvin 在前面叫計程車，從後面看，Kelvin 背肌壯闊發達，深色布褲下臀部渾圓可愛，他身上沒有一處不厚肉，若能和他成功戀愛，大概可以甘心，上岸了。

「又發甚麼呆？快來上車，」只聽見他對司機說：「中環，柏道。」

我心裡一怔，柏道⋯⋯柏道？

柏道有「建築面積五百呎」眼鏡房嗎？

Kelvin 伸手拖著我，手很暖，我滿手是汗；我看著他，大概在黑夜中，仍看得見我的臉很青。

5.5

「這兒地方不錯，兩個人住剛剛好！」搬運前腳剛走，Phil 和他男友帶了電腦零件後腳來到，我帶他四處參觀。

「『建築面積五百多呎』的房子能有多大？不過倒是看得遠，你看那邊，如果天氣好，如果沒有霧，如果沒有煙霞，如果沒有空氣污染，會看得見中環。」

「你再多一點如果吧！」Leisha 說。

「多事。妳不是要出門去買飯盒嗎？快去，大家都餓了。」我說著又轉向 Phil 的男友 Billy 說：「今天麻煩你們了，本來只是叫 Phil，估不到他把你也拉來幫忙了。」

Billy 冷峻的臉上沒有表情：「沒關係，我脂肪多，不怕冷。你們倆先談，我到那邊安裝電腦。」

來到房間，裡面只有胖貓技蘭在，我怕牠走出去搗亂，又把門關上，來到窗邊：「這邊的風景更好，現在睡床還沒送來，不過你也可以想像躺下時，看得見天。我等這個窗口等了三十幾年。」

「正常都是這樣子的……我覺得最好是實用率高，我看實用面積足四百呎。」

「是嗎？」

「喂，」我轉過頭看 Phil：「恭喜你，終於心願達成。」

我們緊緊抱著好一會兒：「真沒想到會有今天。可以離開東頭邨，買自己的房子。你知道嗎？我以前看過蘇青寫的一篇散文，裡面有一句她女朋友的話『這房子裡所有的東西，連一粒釘子也是我出錢的。』的確，説得出這話的女人，是無限淒涼的。其實，不管是男人或是女人，一個人不算苦，可是要緊緊記住，不停提醒自己一個人，這才是痛苦的根源。」

「你現在不用淒涼了，Kelvin 這種男人，做長期伴侶最好，愛你，又懂得相敬如賓。」

「你這個 Billy 也不錯，初時見他似殺人犯，但原來是太胖，無法控制臉上肌肉。」

「你去死。老實説，看你放了這樣多心機下去佈置房子，這是你的 dream house 嗎？」

「當然不是！將來有機會，換一間大的，搬到港島去。」

「你確是迷戀港島區，我住了廿多年，不外如是。」

「那邊半山的風景，真的很漂亮。」

「你又知，不記得你有富貴朋友住半山。」

「你不記得，但我記得！」

記性太好，對於一個成長期不如意的人來説是殘酷的。往往見到街邊一個路

標，一個表情，都會勾起這些不記得忘記的往事。

直到現在，我都記得第一次走進 Kelvin 柏道那家一千呎房子，晚上來到窗前看維港夜景，不願睡的興奮。

雖然香港中環有很多樓房，也住著很多人，還有很多人嫌中環擠，物價貴，空氣差，人多雜亂，但是一間在中環看得見維港夜景的房子，對於在屋邨成長的千千萬萬貧苦大眾──如我──是個終生目標。

不過，到底不是廿一歲，就是興奮，也不會蹦蹦跳，叫人小覷了自己。正如當年，聽過蒲精友人轉述：朋友 A 跟剛認識一星期的男友回家，在杏花邨，一看到那片窗前的鯉魚門海景，就說：「如果能住在這兒就好了！」結果人家不敢再邀他上門，怕他賴死不走。

我自然不會這樣蠢，滿不在乎的樣子：「估不到你也能收拾得一塵不染。」

「有鐘點女傭，要抽煙到廚房。來，我帶你去房間。」實木地板，King Size 雙人大床，私人大套廁，大衣櫃，一大個玻璃窗直望維港夜景。

「洗澡？」我站在窗前，Kelvin 一手抱著我腰身，另一隻手拿著一條大浴巾與牙刷。

他拖我進去浴室，纏綿一會，已是四時許，兩人上床睡覺，怕天亮時陽光耀眼，把窗簾拉上。

折騰了一夜，再吻了一陣子，就放開了我，睡死過去，打呼聲奇響。

我下床，來到廚房，開抽油煙機，點起煙，怔怔看著外面的維港夜景發呆，靜靜對自己說：「如果能住在這兒就好了！」

擠熄了煙，參觀這房子，廚房一應俱全，旁邊有一個門，裡面是大洗衣房連儲物室、大工人房，空蕩蕩的用來擺放雜物；走出廚房是大鑽石型客廳與大方正飯廳，白色牆，原木餐檯，一個最新款的四十二吋大 Plasma 等離子電視，大布藝梳化，旁邊一張 Osim 大按摩椅；客廳邊是走廊，四個門，除了主人房，另有兩個碩大房間，一個是大書房；另一間，有張大單人床，大衣櫃，應是客房，還有一個大洗手間。房子絕不是裝修得美輪美奐，沒有甚麼相片、掛畫、古董、字畫，簡樸素淨，一切以實際舒適為主。

嘆了一口氣——這裡甚麼都似他——大。

又回到廚房，又點了一根煙，看著那夜景，心裡想：我實在是願意留在這裡的！

可是，我們才剛開始，離同居十萬九千里遠。Kelvin 是這般的密實、深沉，之前，明顯不願帶我上來，待確定了身分才配登門入室——他是要看清楚我是怎樣的一個人。

他走漏眼，我確是劉姥姥，看！我剛才在做甚麼來？

趁主人睡覺，偷看人家的屋子——人品是要長時間才能確定的。

這時，我心頭一點點自卑浮現出來，看！我出身屋邨，打一份牛工，從來不比別人聰明，或是俊秀，或是有才華，或是有氣質，或是有身材，像我這樣

的廿九歲死基佬死蒲精，每天不用一個招牌跌下來，也死十幾廿個；他是這樣的一個男人，怎會沒有男朋友？現在就憑他對我的一點點新鮮感，我又怎樣才可以脫穎而出，爭贏其他人？

自進入戀愛世界以來，我從沒試過這般心慌意亂。記得張愛玲初見胡蘭成時，寫下了這樣的句子：「見了他，她變得很低很低，低到塵埃裡，但她心裡是歡喜的，從塵埃裡開出花來。」

果然是歷練愈多，愈讀得懂張姑姑的一字一句；她早在六十年前，就把愛情的一切預言寫出來。

「喂！起來，你怎麼會睡到梳化上，是我鼻鼾聲太大嗎？」

我拭著眼睛，看見只穿著四角褲的 Kelvin 站在我面前，昨晚竟在梳化上睡著了，伸手抱著他的大腿。

「甚麼時間了？」

「七點，我上洗手間，不見你，就出來看看你是否偷跑了。」

「穿著內褲，能跑得到哪裡去了？我可能是……夢遊症。」

「神經，怎樣，還累嗎？」Kelvin 說著把我抱回房間大床上，摟著我繼續睡。

無論我如何沒信心，如何自卑，我們總算是開始了。

這是個熱情四溢的夏天，我們愈來愈親密，他知道中學時同學叫我做「波波」，他説比較喜歡我這個名字；自此，叫我「小波」。在街上，家裡「小波！小波！」之聲不絕，他一叫，如同小時候嫲嫲媽媽哥哥姐姐叫我，我總是快樂地回應。

不為這個千呎豪宅，就只是他這樣子叫我，也是心甘情願。

在這中間，我亦慢慢了解他。他在政府工作，屬中高級，家裡只有一個妹妹住英國，基佬朋友幾乎沒有，他説：「年紀大，朋友結婚的結婚，keep 人的 keep 人，是不會像年輕時，天天磨在一起。」

Kelvin 特別愛吃，尤好中國菜，所以我們的活動大都是吃，不管是貴得我不會去的陸羽鏞記農圃富臨福臨門北京樓嘉麟樓……還是大眾化食市，屯門三聖邨大排檔吃海鮮、元朗大榮華吃豬油撈飯、大圍吃雞粥、深水埗路邊攤吃小炒與當時剛流行起來的私房菜，不管是四川湖南湖北江西杭州雲南新疆哈爾濱，聽到好吃的就去試。

我最喜歡看他吃的樣子，似拿著大雞腿的胖小子，瞇起眼睛，慢慢咀嚼，細細品嘗，投入滿足，而且他一向不讓我付錢——老實説，那時真的要付也付不起。開始時覺得不習慣，到後來，還是不習慣，每到結帳時間，我總是上洗手間。

幸而他亦會顧及我的感受，每每在看電影，路邊買小吃，便利店吃雪糕，總讓我付款。

我一步步陷入他的生活習慣，享受一個事業成功，有風度品味的男人照顧。

他對我的照顧，不是吃得飽，而是心靈上的滿足。

對著他，我不打算掩飾，亦無法掩飾，所以有碗話碗，有碟話碟，生活上的，工作上的，人際關係上的，一切一切都和他討論。

Kelvin 往往聽過後，見我生氣時先作安撫，沾沾自喜時語以警戒，委屈時深深安慰……然後，就能對症下藥，教我該如何如何想，如何如何處理，如何如何說話；依著他教的方法應付，絕無失手。

機構會在九月新增一個學校社工的位置，與數個年資較深的同事競爭，他只問我一句：「你認為自己能勝任那個位置？」

我點了點頭，於是 Kelvin 就由寫自薦信開始，至策略，至面試衣著、談吐、內容——指點，再三練習，終於我竟以黑馬姿態勝出，終能升至學位社工應有的主任級，其餘幾個同事恨得牙癢癢，在公司裡亂放流言——不要以為所有社工都是好人！

升職上班第一天，我在他家過夜，Kelvin 說：「小波，你的英文實在寫得難看，頂多中三程度，有空請多看英文書。」教訓完，又說面對學校的老師、主任、校長等人的態度：「別經常以貌取人，一開始就把人看得太好，有時為了生活，管你是道德重整會主席，工作就脫不了計算，你這樣早晚會吃虧。只有不用理會生計的，才有資格說仁義道德。」

來到這時，他不是男人，而是老師，或者神，我已無法離開他，一發生事，就似是所有小孩子受到委屈，找大人出頭，就先打電話給他，哭訴一陣，找尋安慰。

對著 Kelvin，我一直往下沉，愈來愈低，不介意為這個男人做一粒灰塵，甚至……「哎呀！慢……慢！」我皺著眉，渾身是汗。

房間裡半暗的吊燈把房內一切照得光明，Kelvin 的陰莖正插入我的身體，我身體繃緊，背心出汗，自然不是第一次，可是每次開始時那種似要把高爾夫球擠進鼻孔裡的痛，受不了。

他緊貼我背心，手把我上身抱起，半跪著，嘴巴吸啜著我的耳垂：「等一下，來吸這個，」說著把一個深啡色，寸許高的玻璃小瓶送到我鼻孔前端，按著我一邊鼻孔，教我用力一吸，一陣刺鼻的味道直闖腦袋，跟著是另一邊，幾秒後，我變得心跳加速，面紅耳熱，身體躁熱，一團火在亂燒，手伸後抓緊他的身體，他用力一挺，我「呀！」的呼出一口，全進去了：「有放鬆了點嗎？」

到現在，我仍不能相信自己能這樣海量汪涵，我仍不能相信自己會吸poppers，我仍不相信自己能這樣喜歡做愛。——和 Kelvin 做愛。

的確，我和好一大堆男人有過性關係，可是我更享受事後大家抱著溫馨纏綿的一刻。

我從沒有享受過被男人進入身體的感覺一生理與心理一故做的不多，更認定網絡上色情小說記載的翻雲覆雨慾仙慾死奇樂無窮的確只是小說。

可是 Kelvin 的確能把性行為，提升至「藝術」層次。

每次往往由吃甜品開始，然後是浸浴，再來是為我仔細洗刷身體，手與嘴巴

絕不放過任何一個微細地方，在床上，永遠把你擺放在合適的位置，蜜糖、冰粒、朱古力，適度的前戲，將身體放鬆、加熱，然後把 poppers 送到你鼻前，然後⋯⋯然後是無止境的爆炸、沉淪，最後弄是一身濕漉漉。——我現在明白客房為什麼要一張大床！

身體的反應是老實的，心靈上是滿足的。對著 Kelvin，做著天下間最下流的事情，也絕不覺得猥褻。

我由開始的連開燈都會抗拒，到後來連吸 poppers，不用安全套都不抗拒了。

他的陰莖就似母體連接嬰兒的肚臍帶，一直輸給我營養，讓我成長，我接受他給我所有改造，感覺良好。

抱著他，似抱著一隻世界上最好的熊公仔，我得到安慰與快樂。

我以為，他是愛我的！

我一點準備也沒有。

直至那天晚上，我來到他家，他突然不用做愛，他突然說很累，他突然不抱著我，然後睡覺。

我又來到廚房，看著維港夜色，初秋的天是較陰暗，但有另一種美，淡的，沉的，咖啡色的。

經過這段日子的相處，多少也有點進步，我清楚他在想甚麼。

第二天早上我們去吃早餐，又是銅鑼灣點心皇；我們都愛喝奶茶，吃點心。在點心皇，我說話喋喋不休前仆後繼，不讓他開口，因為我知道得清楚，他要說甚麼；他專挑這個我不會發作的公眾地方；於是一有機會，我就跑出去買東西，拿早餐：「哈哈哈！有你愛吃的叉燒腸粉和奶茶，我去拿。」

「小波……」他叫我，我沒理他，其實心裡慌張得緊，神不守舍，用托盤拿食物回來時，手一軟，半盤食物砸到他身上去。

完了！

Kelvin 沒有生氣，拿出紙巾，把身上的燒賣、腸粉放到櫃面，定眼看著我說：「你看，我要回家換衣服。」霍然站起來，他仍是似一座山。

我沒有動，低下頭，斜眼見他走了出去，上計程車，走了。看著他走，餐廳的人看著我。

看！我出身屋邨，打一份牛工，從來不比別人聰明，或是俊秀，或是有才華，或是有氣質，或是有身材，像我這樣的廿九歲死基佬死蒲精，每天不用一個招牌跌下來，也死十幾廿個；他是這樣的一個男人，怎會沒有男朋友？現在就憑他對我的一點點新鮮感，我又怎樣才可以脫穎而出，爭贏其他人？

我記得 Kelvin 說過：「別太容易相信人，早晚會吃虧。」我「嘻！」一聲笑了出來。

做人，怎樣痛苦，怎樣難堪，正如 Kelvin 說：「只有不用理會生計的，才有資格說仁義道德。」明天我還是要上班的，始終不是三歲，再坐下去又怎樣，

最後也得站起來，離開。

我不敢再打電話給 Kelvin。

Kelvin 亦沒有再打電話給我。

我和他的戀愛，只維持了十五個星期。

這次，我連 Sauna 也沒有去，所有的炮友，除了 Carl，一早走清光。

八個星期後的聖誕節，我答應和 Carl 拍拖。

拍拖第一天，Carl 離開後，我在日記簿上面寫：「對呀！我是不愛 Carl 的！但他很愛我，這樣不是很好嗎？」

5.6

朋友們都不喜歡我的新男朋友 Carl。

Phil 説：「最重要是你喜歡！」

Sam 説：「我完全記不起他的樣子。」

凱西説：「我看見他牛仔褲袋後放了本《馬經》！你愛他甚麼？」

我説：「你們為什麼都不喜歡他？」Leisha 説：「因為你自己也不喜歡他。」我想了想，訕訕地説：「一個人在寂寞時，選擇男友，就不能太嚴格了。」

自從轉了工，加上與 Kelvin 拍拖，已有幾個月沒有幫忙 Sam 劇團的工作；原來我也能有「同」性沒人性；現在工作上軌道，Carl 又永遠不會離開，我當然自動歸位。

不然怎樣打發日子？

Sam 的劇團有新計劃，舉行一個叫「七月初七好姊妹」舞台劇，公開徵求七個二十分鐘短劇，故事不限時間空間內容，但只能有兩個女主角對戲，希望可以發掘新進劇作家。入選劇本會在今年農曆七月，連續七天在藝術中心的麥高利小劇場公演，最後，由觀眾投票，勝出者可獲機會於年底，在林百欣劇院，發表新作品。

誰料半年過去，確是收到了一些劇本，可惜質素參差，好的有三個，加上勉勉強強的三個，計起來只有六個劇本可行。

「怎辦？比賽期限已過，難道要在這堆破銅爛鐵中抽獎般抽一個出來，硬湊夠七個故事？」Sam 說。

「可否找個成名人士，用假名來寫？」我問。

「NO！」大家一起對著我哮叫。

幾個劇團智囊爭論不休，有人說就只上六個短劇好了；又有人反駁這就不是當初說的七個劇，怕給人指指點點。

看著他們爭辯，只覺好笑：「其實，要寫二十分鐘故事，播歌也佔了三分鐘，有多難？」

他們又齊齊白了我一眼，Jackie 以她慣用眼神看著我說：「容易？你倒說一個來看看。」

情急智生，何況亂說話一向是我的強項，你以為這許多年的外展社工是白幹，你以為大街小巷找不良青少年說話很容易？

剛好早兩天在家裡重溫過一套舊港產CULT片 2，甘國亮先生的大作《神奇兩女俠》：「如果是我寫，我就寫一套叫《神奇兩女俠十八年後兩條好女》，就借甘生的《神奇兩女俠》主角在

2

CULT 片：有人譯做「邪典電影」。CULT 是「非主流」，而「CULT 片」是指非一般大眾喜愛的非主流電影。時移世易，現在任何電影一加上 CULT 這個字，反而成了一種另類精品，專適合古怪愛好的潮流人士。故我相信，那些只適合小眾口味的人，也可叫做 CULT 人。小弟的經典 CULT 片，有《92 黑玫瑰對黑玫瑰》、《Pulp Fiction》、《神奇兩女俠》等。

戲裡說過：『如果十幾年後我們在這兒碰面……』作引子。寫兩個女子落選港姐選舉，十八年間分別在娛樂圈發展，變得不咬弦，幾年後一個嫁到加拿大，一個在香港愈做愈霉，十八年後在 Landmark 碰面，然後……」別忘了我有對電影電視對白過目不忘的看家本領；我一邊說，一邊做，一邊自己在哈哈哈，好不痛快。

說罷，幾個人看著我，互打了眼色，Sam 說：「好，波波，就依你剛才說的，回去寫，一星期後交貨。聽好，我們都覺得 OK，起碼好玩過剛才那堆三尖八角，如果你寫得不好，就由你在裡面抽一個。」

「我？」我瞪大眼睛，嘴巴歪斜。

大家一同拍手：「好！散會。終於可以吃飯。」竟同時站起。

我抓著 Sam 不放：「我剛剛說過甚麼？」

「你行的，就照剛才說的故事寫就很好了。至於格式，之前跟過幾套劇，不會不懂吧！快走，我餓死了。」

「喂，我不會寫的！」我在中環街頭大叫。

最終，因為和 Carl 拍拖太悶，又不願外出，在家無所事事，就亂寫了一大堆吵架互罵顛三倒四兼無停頓位的對白進去；Carl 靜靜地坐在一邊看我寫，我把對白讀給他聽，他沒太大反應，最後我讀得自己也笑了，他亦跟著笑，也顯得很高興。

他就是這點好，Love me just the way I am！

把劇本電郵了給 Sam，兩天後他來電：「衰仔，寫得不錯，好笑，夠啜核 [3]，又夠 mean，雖有小地方要修改，且有大量錯別字，但劇團各位全數通過，只怕那堆對白背死演員。」

「寫女人吵架，鬥氣有多難，可別忘了我與四個女人同居了幾十年。」我說，心裡竟有點興奮。哈！要不是 Sam 是團主，我想人家也不會看。

排練開始，我只到過場一次，因為之後，我連同香港，發生了一連意想不到的不幸事件。

二零零三，是香港不幸的一年，全香港人都很抑鬱，因 SARS 非典型肺炎橫行，死了二百九十九人，學校停課，帶著口罩上街成為新潮流。然後，在一個鬱悶的黃昏，哥哥張國榮自殺身亡；在這燭滅星沉，天上星星一顆一顆跌下來的一年，我三十歲。

在 SARS 橫行的一段日子，所有戀愛工作生活都變成微不足道，我保證上街裸跑也沒有人理會，皆因全香港人只密切留意哪幾幢大廈有人染病。Carl 對我說：「你一向抵抗力弱，又

3

啜核：指説起話來尖酸刻薄，但一針見血！

有過肺病，容易染病，如果我不幸染病，你絕對不要來探望我，知道嗎？」

我聽了「唔」的一聲，因學校停課一星期，我到了曼谷旅遊。

我想呼吸一口空氣。

老實說，我不怕死，我反而怕……出發到曼谷的前一天，在辦公室收到Kelvin 的短訊：「你一切安好吧！Kelvin。」

看見這短訊，四周佈滿同事，不能好好大叫，只覺焦躁不安，用力扯開口罩，用力呼吸，拿起水杯，大口喝水，叫自己冷靜。

可是那怒火，不！應是尷尬，不！我不懂如何形容這種心情，拿起電話，按了回覆訊息按鈕：「請讓我好好過日子，請不要再來挑釁我。」送了出去。

我站起來去洗手間，躲到廁格中，看著 Kelvin 送來的口訊，按了「刪除」按鈕。

手指按下去那一刻，我哭了。

那天晚上，我請 Carl 來我家過夜；他和母親同住，要過夜，一般要事前申請。

在床上我說：「今晚可以不用 condom 嗎？」

Carl 緊盯著我，射精的一刻，神色感動，抱得我很緊。

204

我很冷靜，所以看得清楚他的一舉一動。

我心裡又多了一只「墨綠色大笨象」。

只要他再來，我一定逃不了；到底從來都沒有說過「分手」這兩個字。

或者我那天的回覆的確嚴厲，Kelvin 沒有再找我（老實說，心裡是有點後悔的！），生活伴著口罩度過，直至六月，我生日的前一天──「生日快樂！我知道有一家新的私房菜，賞面一同去嗎？Kelvin」

歸園田居，談何容易，雖然和 Carl 一起，很自在，但我仍未曾到那反璞歸真無欲無求的神級境界。

Kelvin 胖了，臉色有點黑，兩邊臉頰似有點下陷，腳有點拐，可是穿起深色西褲，條子恤衫，似一座山慢慢移近時，我又開始覺得睏；這段日子真累，真想好好睡一覺。

「生日快樂，三十！」

「都過了，沒甚麼特別。腳怎麼了？昨天晚上又做『深蹲』？」

「小事。」他說著叫了計程車，來到灣仔一個住家，大廳中一張大檯，另在房間裡兩張小檯，主人是位微胖的太太，操國語，一見我們來就笑容滿面招呼我們坐到房間裡去。──當然笑容滿面，經濟不好，那有人常上街用膳？

「這次是甚麼菜？」就似是我們從前每次吃私房菜，他總不會告訴我是吃什麼。

「你猜？你嗅嗅那陣香味？」他說著，瞇起眼睛；連對白、樣子也和從前一樣。

我學他瞇起眼睛：「辣的……湖南……四川。是四川菜！」其實是我看見老遠牆上貼著一張菜單：麻婆豆腐、蒜泥白肉、水煮魚、夫妻肺片、豆瓣醬拌冷麵……

「哼！看得見，有甚麼好猜！」不服氣的樣子，對於吃，他永遠如小孩。

「又吃辛辣，明天拉肚子時痛死了。」

大概是空調不夠冷，又或者四川菜太辣，我熱得汗流浹背，舌頭發麻，不停自灌啤酒，漸漸眼睛有點模糊：「要再多叫點啤酒嗎？」

「你喝，我不能……兩個月前看醫生，說是痛風症，現在已好多了，別擔心。」

我低下頭靜靜聽著：「是嗎？那還來吃四川菜？」

「都說沒有事，我自有分數。」又來了，大男人。

好！反正我又不是你男朋友，甚至朋友，甚至甚麼也不是，吃死你，關我甚麼事？

都說不應跟前任男友做朋友……與吃飯！

跟著，我們安靜地吃完這頓飯，來到大街，看見他走路時拐得更見厲害，心裡倍覺不安：「痛？」Kelvin 沒作聲，那即是痛了，我伸手叫了計程車：「我

陪你回去，再走。」

服侍 Kelvin 吃了藥，把水杯拿回廚房，又是那個維港夜景，很久沒見，實在掛念，我手扶著廚櫃檯面，對自己說：「好好控制自己，出去說再見！」

「小波。」

「是。」聲音愉快地。

走出廚房，真像，這景象真似我最近常做的一個夢：白色的背景播著那英的唱片，大梳化裡，一個男人向我招手，單看那只手已覺得親切、溫暖、可靠；伸出手握著，第一次居高臨下地看著他，男人的眼神有點疲憊，看著我，似放不下心；他是這樣的不捨得我，我是這樣的需要他。

他拉我再走近點，我自然地跨坐到他大腿上，無聲，輕輕的，手掙脫他的手，放到他臉上去，撫摸上面的皺紋、眼窩，突然覺得兩頰涼颼颼，他手抹掉我的眼淚，然後放到我後腰，用力一拉，我貼得他更緊，我低下頭說：「我 keep 了人。」

他手撫弄我的後頸：「我也有男朋……」沒等他說完，我主動吻他嘴巴，不讓他說下去。

然後，就像從前的晚上，由洗澡開始，我們第一次在主人套房做愛，或者不一樣的，這次做主動的是我，我懷念那二百磅壓在身上的感覺。

我打側身抱緊身邊這條「多了一百磅的幸福」的手臂；這條臂膀，真粗，真長，

一條似已等同我上身的長度與重量。

在他家過夜多次，仍是會失眠，或者是他的鼻鼾聲太吵，我不習慣；又或者，昨晚的性交過程太激烈，一次又一次，身後仍有點怪怪的感覺；昨晚，沒有poppers，不管心理還是心理上，我第一次真心承認喜歡被他進入身體。

見他睡死，我走下床，穿上內褲，幫他蓋好被子，輕輕關上門，斟了一杯水，從廚房窗門看出去；夏天，亮得早，窗外的天空有點藍，無雲，維港兩旁的燈火半開半關，但仍是漂亮至極點，每次看著都捨不得離開。

我回房間穿衣服，離開。

說到底，現在我們甚麼都不是，我憑甚麼在這兒過夜？

況且他有男朋友，我也有男朋友；我是不愛 Carl，但他這樣尊重我，信任我，愛我，從不打探追問我的下落，這樣做已很對不起他，不能繼續不尊重他。

第二天上班，午飯時收到 Kelvin 的短訊：「多謝你昨晚的照顧，很久沒有睡得這樣好了。」

我沒有回他短訊，然後就是 Carl 的來電：「喂，昨晚哪兒去了？打了兩次電話給你也沒有聽，沒事吧？」

「我有點感冒，早睡，可能吃了點藥，睡死了，聽不到電話響。」我沒有一點慌張，連口吃都沒有，對答如流；別忘了我體內潛伏著狐狸精基因。

掛線後，我半倚著路邊的花糟，看著拿在手裡的手提電話，是 Carl 送給我的生日禮物；早叫了他不要送，怕還不起，可是送了又不得不用，煩！心裡極亂，不知如何處理。

明眼人也知道，我雖不願偷情，和 Kelvin 也不能是單純的朋友，我們的關係太慾了，但是如果 Kelvin 再次回頭，我定必馬上與 Carl 分手，和他重修舊好。

無錯！無錯！這對 Carl 是不公平，可是拖下去，對他更是不公平。

Kelvin 又不是找我回去，大家「聚舊」，只是「聚舊」，他是有男朋友的。十年前那次，我也受不了；現在面對這種雙重不忠，可以怎樣收場？

可能，這真的只是一次意外，聽人說，很多分手情侶也曾出現過這種問題——掟煲唔掟蓋 [4]——很正常……突然，手背有點毛毛的感覺，回頭看，竟然是一隻小玳瑁花貓，在我手邊挨挨擦擦。

「喵！」傳言貓是 SARS 帶菌者之一，故早陣子很多人把貓兒「放生」——即是叫牠們去

掟煲唔掟蓋：港式俚語，全文應是「掟煲唔掟蓋，得閒整舖友誼賽」。香港人形容情侶分手，叫作「掟煲」；你能想像當你拋棄了一個煲，可是把那個蓋保留是為了甚麼？下半句就是指分手情侶仍然維持著性關係囉！

──看來這是流浪貓第二代。

「別喵我！我也煩得很，幫不到你。」我站起來對牠説。

「喵！」

「別喵我！」

「喵！喵！」

「你無家可歸，關我甚麼事？」

「喵！喵……嗚！喵！」

「好！我現在去吃飯，待會回頭再見你在這兒，就收留你！」整個吃飯過程
都坐立不安，「喵！」一看，是食店裡收養的大花貓在叫。

趕快吃完結帳離開，回去剛才那個花糟，小貓已不見了。

我靠著馬路邊欄杆，點起煙，心想那小貓大概有人收留了，總好過給我，自
小就沒有甚麼東西在我手上能健康成長的。

抽著煙看路上的人來人往，馬路上中間有點怪，我瞪大眼睛，仔細看清楚，
黑灰色的油柏路上，中央一團扁扁啡紅的東西……是，是，是給車輪輾得扁
平了的…貓屍！

我一陣噁心。

牠是這樣的孤獨，父母下落不明，明明向我求救，叫了又叫，叫了又叫，為什麼我不救牠？為什麼我不救牠？

為什麼？

為什麼？

為什麼我不要牠？

我竟能這樣的殘忍？

我覺得我已經不是我了！

我打電話給老闆：「明天是星期五，連同星期六，想請一天半假，可以嗎？」

跑進了附近一家旅行社：「現在可以訂今天晚上去台北的機票酒店嗎？」

我不能對著這兩個男人，要離開香港，好好想清楚。

●

要找人解答「你可有試過背著愛人偷情？」
這敏感問題，自然是找與我相交多年的好友 S 君：

我對性與愛可以分得很開。我與之前的男朋友拍拖時，給他的朋友發現在我 Sauna 與在 GYM 裡根本不是做 GYM，只是流連在蒸氣房。他問我，因為我不想欺騙他，所以我老實的答，結果分手了。

對我而言，那只是「偷性」不是「偷情」；他要去，我也不介意。當然那一次是有點不開心，我不開心，是因為我的行為令他不開心。

我說：「那你即是贊成 open relationship，開放性關係？」

又不算是，我很愛一個人時，我會全情投入至迷戀程度，根本不會想其他人。或者將來，與一個人談得清清楚楚，我不介意進行 open relationship。

我又追問：「那……你即是不愛他？」

又不是不愛，只是好像有一個小部份不見了，我需要滿足自己的其他需要。只是試過有一次，我正身處一段關係之中，然後我碰上 A。我和 A 由始至終都沒有發生過性關係，但那種似是年輕時戀愛那種心動感覺，那些有空就給他送一個短訊的行為，我更會覺得內疚——因為在我的世界裡，這一次才是貨真價實的偷情。

——S 君，35 歲，熊族，近年因工作關係並不常見，但一見面，無所不談，江湖傳聞他曾暗戀我，幸而我們並沒有過電，否則做不了這二十年的朋友。

5.7

解決問題，很容易，只要認真的去做，不管好或壞，定必有個結果。

永遠停留在構思，做問卷，成立委員會，寫報告書的階段，事情只會愈來愈糟。

這是個新鮮刺激的夏天，《七月初七好姊妹》上演，我沒有覺得特別好，不就是平常和朋友的對白，再加二錢味精吊味，誰知結局竟是大比數拋離其他六個短劇。

最後那天在劇場宣佈結果時，看著另外那六位藝術工作者，一臉尷尬：「可能是 SARS 後，大家對瘋狂嘌核搞笑的內容比較有興趣……而已！」

回頭問 Sam：「我可以不寫，把機會讓給其他人嗎？」

他看看其餘的參加者：「你這樣說，覺得可以離開這裡嗎？」

「賤人！」

「老實說，我開始也猜不到結局是這樣。不過，要對自己有信心，你的確寫得不錯。」

「是嗎？」

作為一個學校社工，暑假是比較空閒的，我坐在電腦前，想要寫甚麼？

悲情的故事？

開心的故事？

還是一個苦中作樂的故事？

我擬定了一個劇目叫：《八姥匯聚九龍城》，寫一幢舊式唐樓，住著八個由廿二歲到五十歲的獨居女人，有兩個死了丈夫，有兩個離婚，有個被人包養，有個是人妖，有個嫁不出的老處女，說大廈給發展商收購前一個月的故事。

剛好，反正現在我就是一個人，再不打算戀愛，閒來無事，或者就當是個新開始。

對，我和 Kelvin 與 Carl 都分開了。

都是我提出的。

在台北那三天，一個人亂逛，想通了很多事情。

進了這個同志圈，戀愛圈十年，我到底要甚麼？

晚上在 Funky Disco，看見夜店裡的人潮來來去去，大叫大笑，風花雪月，我也有過這樣的日子，偶一為之，視作放鬆嬉戲，是好的；但長久下去，就不好了。

無錯，我是愛 Kelvin 的。

愛他，就因為那一點點的安全感，成熟穩重的氣息，一見他，彷彿心也定了

下來；為他，我願意做所有的事情。

就可能是他太成熟，太完美，對著他就似是小孩子在大人面前，那樣的無助，一切只能聽命於他。

愛他，因為他穩定，可是他在情感上卻永遠不穩定。

可是 Kelvin 都四十四歲了，樣子四正，經濟獨立，要找人，怎會找不到？他這樣的人材也沒有伴侶，定必有點問題。

我愛他，自然就得把他留在身邊，可是他待在身邊的幾個月，又天天擔驚受怕，一怕他會走，在外面亂來，就前天晚上，他背著現任男友就可以和前任男友不用安全套上床，可見一斑，我不是那種能留住不羈的風的人材；二是，每每對著他，那種自卑自賤至不安的感覺，在他面前，似自己走一步路，吸一口氣，也彷彿出了問題。

他是這樣的風流，又這樣的得人喜愛。

他教曉我很多，現在是時候要把這條肚臍帶截斷。

老實說，我也不見得是甚麼好貨色，到今天我不得不承認自己是花心、濫交、自私、無知、卑鄙的一個人。而且計劃得太清楚，口裡說不知道，裝傻扮懵，其實甚麼都懂得，現在聰明反被聰明誤。

問題是，我太過貪心，到今天還天真地相信不用付出，就能找到個白馬王子。

可是我的心根本不曾靜下來，我開始明白 Eric 説：「廿多歲不忙拍拖」這句話的真諦。

有多少個廿多歲的懂得拍拖，戀愛？三十歲懂得已是略有成就了！

今天三十歲，坐在 Funky 的我，和二十歲時和阿明一班人坐在山寨吧裡的我，根本從沒有進步過，犯著重重複複的錯誤——除了更工於心計。

對愛情，我還是有憧憬的，到底是我還未曾碰上生命中註定的那一個，還是他已在一大堆我連名字樣貌都串連不起來的人中流走。

我若想不清楚自己要甚麼，再下去，只會把受害者的數目增加，自己的生活亦會變得一團糟。

今天晚上，我在士林夜市街頭一個路邊攤看塔羅牌，那位年輕的女士説：「別對自己這樣壞，請好好愛自己。」

或者她是對的，我一直不愛自己。

一個連目標都沒有的人，又怎能去得到終點？

一個連生活都沒有的人，又怎能與人分享生活？

Carl 是個好人，他愛我，會永遠愛我，我知道就算和他説要 open relationship，只要我留在他身邊，他會答應的。

終於找到一個會對我説：「I love you just the way you are！」的男人，可是又怎樣？

我愛他麼？

我值他這樣愛我麼？

那天晚上在 Kelvin 家裡離開時，我感到無邊的內疚，自責。

再對著這樣的兩個男人下去，我會發瘋的。

希望還有機會力挽狂瀾，減低罪孽。

又喝了一口酒，孤獨地在 Funky 看人，找了一輩子的朋友、愛人，現在還不是自己一個人？

我竟覺得有點自在，放鬆，不在乎，竟惹來一些人的注目，我不理他。

記得我曾有過那一種驕傲、自我、不理會其他人的時候，就在那不很遠以前，我可以一個人上學，一個人讀書，一個人看電影，一個人聽唱片，也不覺得寂寞。

不寂寞，因為心裡對前路有冀望。

現在，為什麼就不可以了。

我嘴裡輕輕地唱著：

Time and time again I've said that I don't care.
That I'm immune to gloom, that I'm hard through and through.
But every time it matters all my words desert me.
So anyone can hurt me, and they do.
So what happens now? Another suitcase in another hall.
So what happens now? Take your picture off another wall.
Where am I going to? You'll get by, you always have before.
Where am I going to?……

我已問得太多，正如《Sex and the City》的 Carrie 也問得太多，或者是時候停止發問，馬上做。

回到香港，我馬上和 Carl 分手，都說他尊重我，沒有大吵大鬧，把話說清楚，就走了；臨離開時，我看見他流眼淚。

他真可憐，愛錯了人。

原來我才是那個徹頭徹尾的壞男人。

自此，我沒有再見過他，只是在兩個月後的一天晚上，凌晨兩、三時，我收到他的電話，半醉的聲音，重複起說：「我很掛念你。」然後就不停地哭。

這一輩子，我是第一次自覺虧欠了人。

至於 Kelvin，我估得對，他曾經送過一兩個訊息給我，我沒有回覆，不作任何反應，他自然不會找上門來。—— 估不到分起手來這樣容易。

坐在床上，看看這個地方，愈看愈是覺得有問題，四周堆滿了雜物，甚麼舊戲票存根、舊雜誌、舊照片、舊證件、朋友送的小字條、小禮物，不知從那時起我有了儲物的習慣，但我開始明白為什麼人愈老就愈愛儲物件；怕呀！怕失去，就把東西一點點的留下來。

可是儲的不是物件，是回憶，我變了個「公屋儲物狂」。

到廚房拿濕毛巾，把舊東西一件件拿出來洗乾淨，想拋棄，又不捨得，於是一直工作至清晨，可以左看右看，仍是不滿意。既然屋不能搬，唯有從軟件開始。

「這張床覺得可以嗎？」我和 Phil 並肩睡在床上，銅鑼灣 IKEA 的床上。

「其實兩個男人逛家俱店，試大床，可以是一件頗為浪漫的行為，但怎麼我現在竟有尷尬的感覺。」我看著天花板說。

「別忘了是你求我來陪你的。」

「從來沒有男人陪我逛過家俱店的，還以為你去年才搬家，有經驗。」

「要過去試梳化了，可以起來了嗎？」Phil 說。

我花錢買了點新傢具，找凱西和 Leisha 來幫忙上油漆，可是舊東西，我一

件也不願意拋棄，只好把他們連同心事──封箱，好好收藏起來。

十一月，我又飛到澳洲，參加二姐姐的婚禮。

我記得那個陽光普照的下午，會場播放著 Enya 的〈Anywhere is〉，我千辛萬苦從大哥手中奪得這崗位，穿著西裝，挽著二姐姐的手走過通道，把她交到外籍丈夫的手中。

二姐姐飄洋過海，由香港到加拿大到澳洲，終於找到她喜歡的人，共同生活。

參觀過他們的新房，典型澳洲式的兩層住宅，有花園有泳池，二姐姐說或者四十歲前還要生一個孩子。

典禮後，我來到酒店外面抽煙，心裡竟有點不快活，有點哀傷。

雖然我們兩個不同住多年，一年見不到一次，只靠電話電郵聯絡，但心跟她還是近的，但是現在，她要照顧丈夫，未來的孩子……到這刻我才發現，自己終於是個孤兒，怎能不腳踏實地做人。

開始新生活就是這樣，回到香港，《八姥匯聚九龍城》開始排練，看著自己在腦裡想像的東西突然變成真實，似是夢境成真。

對於戲劇，我到底甚麼也不懂，打「天才波」，邊學邊做，有時要修改劇本，有時要協助宣傳，只是我死不肯拍照，我對 Sam 說：「要拍就拍你好了，我上鏡不好看。」

到票房開售，似天天擠在股票看看價位的小股民，打電話給監製、宣傳問銷量：「賣得差！真差？是故事不夠吸引吧？要否加些政治色情暴力元素進去？」「好？真的好賣？怎會？別安慰我。」

Sam 急忙把我推走，不准我私自再到排戲的地方。

終於捱到了公演，門券賣了八成多，我在後台不停煙駁煙，直至聽到預期的第一個笑位有笑聲，才能放下心。

我永遠都記得這個晚上，劇終落幕，Sam 把我從後台拉出來謝幕，見到台下數百個觀眾鼓掌，只覺一陣暈眩，趕快鞠躬揮手，動作似機械人。

回到後台，嚇得腳軟，經過 Sam 輔導，第二天才比較自然；真不明白寫東西，與上台打招呼有甚麼關係？難道樣子俊秀，才能寫得出好東西嗎？

我實在不享受上台謝幕，可是又喜愛這創作過程。

不知有沒有下次的機會。

那天晚上的慶功宴完結，幾近二時，大家的電話不約而同地響起來，有短訊，有電話——是梅艷芳小姐過世了。她雖然是單身，但人生卻是豐盛的，起碼知道自己擅長些甚麼，盡力做，還能發揚光大流芳百世。

那天晚上，我們幾個人擠在 Sam 家繼續喝酒，聽梅艷芳的唱片，看她的舊電影。

Sam 抱著我，認真地説：「小波，我真心地説，為你感到驕傲。昨天我們決定《八姥匯聚九龍城》會在壽臣劇院重演。」

我心裡慶幸找到這樣的一個自己喜愛，又做得好的工作。每個人都應要有一點東西可以 proud of，有人 proud of 靚仔，有人 proud of 富有，亦有人 proud of 有才華，我找了三十年，終找到一樣東西是我可以 proud of 的，可以自豪的。

現在，我知道自己擅長些甚麼。

我説：「Sam，多謝，不是你逼我，我今天仍只是個學校社工。能寫東西，就代表我有可能做其他的事情。」

「那你還想做甚麼？」

「想到了，我才告訴你。」

大概早上五時，我離開 Sam 西環的家，天氣真冷，想叫計程車離開，可是這時間的西環，找車子是困難的，只好挨著路邊欄杆抽煙，等車。

「喵！」

清晨時分，這「喵！」的一聲特別清脆，狠狠地刮醒我。我四處張望，可不見貓影，難道是附近的流浪貓？

「喵！」

我見到了，是垃圾箱旁邊一個地門水果箱，打開，又是一隻瘦弱的玳瑁小貓，瑟縮在紙箱中的毛巾裡。

我用兩隻手抱起牠，輕，只有半尺身長，緊緊縮進我懷抱中。

錯過了一次機會，第二次自會格外珍惜。

和牠回到家，用舊碗盛水給牠，仍隨牠睡那紙箱。

第二天早上帶牠看獸醫，醫生說：「看起來是只貓女，約一個月大。」然後就是檢查打針，買了一大堆杜蟲杜蚤治病的藥，那單子，貴得嚇死人；之後再到寵物店，甚麼貓糧、貓奶、小房子、沙盤又是一大堆，也是貴；真不明白現在為什麼有這許多人情願養寵物，不養人。

看著肚子肥大的她在露台亂走，心裡盤算改甚麼名字。我草擬幾個有名的胖女名字：「欣宜！」她不理我。

「Tyra ！」她又不理我。

「阿嬌！」她亦是不理我。

這時我看見書櫃裡的《叮噹》漫畫，我叫：「技蘭！」「喵！」

許技蘭從此成了我家中一員。

二零零三年十二月三十一日凌晨時間，聽著 CD，開始寫《八姥匯聚九龍城》

的小説版。

我不知寫好了有沒有人要，可是現在除了寫，我不知能幹甚麼。

找朋友？

不是不好，可是身邊所有人都有伴侶，我也不想妨礙別人。

找朋友訴苦，偶一為之是可以，可惜長貧難顧，最終也得靠自己。

而且心情欠佳，説給朋友聽，朋友能理解已是萬幸，可是到底朋友能給予的也只是理解與支持，能給予安慰擁抱的，不幸地只有你的伴侶。

雖然心裡知道，能在甚麼地方找到男人過夜，可是，我現在要的不是性，而是他愛我，我愛他，肯和我組織一個家的男朋友。

既然男人未出現，總得找點事做。

記得當年 Arthur 常説：「出得來蒲，已是半隻腳踏進歡場。」

人家電視劇中的女主角，不管是《火玫瑰》的海潮，還是其他，總之歡場女子與女強人洗盡鉛華後，總得找點事做，還大多數是開花店、咖啡室，到孤兒院照顧兒童。

我沒有錢開花店，但起碼我有機會寫。

能寫，怎麼不寫？好好地寫？

在寫的那個世界裡，我是神，控制著每個人的高低起伏，不用顧忌，感覺自在。

細看自己，從小到大，多言、嫉妒、吝嗇、濫情、自私兼沒自知之明，從來不比別人聰明，或是俊秀，或是有才華，或是有氣質，或是有身材，像我這樣的廿九歲「死基佬」死蒲精，每天不用一個招牌跌下來，也死十幾廿個；我沒有一項優點，現在終能發現自己一個長處，能 proud of 的東西，怎能不繼續苦苦經營，努力刻苦鑽研下去？

這天晚上，我坐在電腦桌前寫日記，家裡播放著《Evita》的 soundtrack：

Call in three months time and I'll be fine, I know.
Well maybe not that fine, but I'll survive anyhow.
I won't recall the names and places of each sad occasion.
But that's no consolation here and now.
So what happens now? Another suitcase in another hall.
So what happens now? Take your picture off another wall.
Where am I going to? You'll get by, you always have before.
Where am I going to?……

抱著技蘭看著日記簿說：「或者以後就只有我和你們地久天長了！」

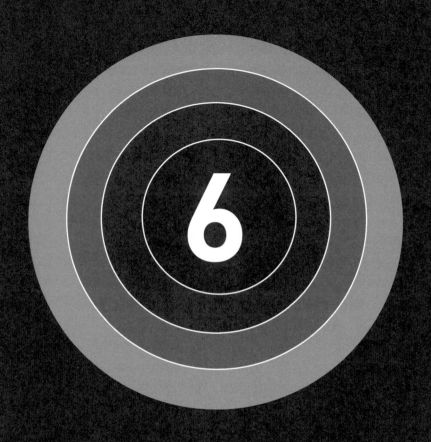

明白之時一般都在後來

6.1

「Andrew 真的不錯，好仔一名。」

「就是好仔一名，你們還敢向我推銷？大概他欠你公司很多錢。」

這是二零零四年，香港四月天，多雨潮濕，乍暖還寒，《八姥匯聚九龍城》重演第一天晚上，凱西和 Leisha 約同數個朋友捧我場，散場後一起吃宵夜。

她們向我落力推銷剛才一起看戲的 Andrew；凱西公司的 freelance 平面設計師。

「你半年沒有拖拍，那不是別人，是你呀！真是從沒有出現過的異象。」

「世界末日快到，你們就把我當妖孽。我？我又算得是甚麼？不見得似章小蕙般急需男朋友。」我聳聳肩，一副沒所謂的樣子。

「我們只擔心你悶！看你樣子憔悴，面泛油光。」凱西見我態度認真，決絕，才相信我不是説反話。

「我忙，很忙，早上上班，晚上寫東西，天天只能睡四、五小時，不是十八、廿二，連水分面膜也沒有空做，怎能不憔悴？也是幸好有得忙，一忙就不悶，所以根本沒空想男人。男人，留給章小蕙。」

「你説漏了間中去 Sauna。」凱西又説，Leisha 幫口：「除了章小蕙，你也需要男人。」

「是！章小蕙要男人，或者傅明憲、許純美、郭羨妮、陳淑蘭甚至楊千嬅都

227

要男人，只是我……放心，男人只屬其中一種維他命，我仍未出塵至要說事業為重，或者受過情傷轉行愛女人。只是現在不想隨隨便便找個回來，三個月後又分手；我想找個長久的，似你們，一起住，天天見面。」她們對望一眼，樣子尷尬，我笑：「沒有男人，間中去 Sauna，去泰國也不算罪過呀！我保證，一有合適人選，我絕不退縮，且馬上知會兩位，兼謝絕夜場。放心，這半年我很開心。」

看見「兩老」一副老懷安慰狀，也放下心，到底叫朋友擔心也是不好；只是經過上次偶發性狐狸精事情，我確是想得很清楚自己要些甚麼。

我發現拍拖似是減肥，一開始失去的先是水分，去得快，慢慢來到深層脂肪，愈見艱難；就似現在，要我在任何場合勾引一個男人，實在不難，但長期發展，絕對是種挑戰。

一個男朋友，一個他愛我，我也愛他，願意共同生活下去的男朋友。

這種長期作戰，到底 lesbian 是強項，她們的戀愛＝同居─且不怕脂肪回彈─將來真有朝找到個像樣的男朋友，定必要她們開班授徒。

看看錶，差不多一時：「喂，我要先走，約了 Arthur 他們喝東西，妳們要一起來嗎？」

「累死，不去了。」

「好！那我先走了。」

坐計程車往銅鑼灣去，今天是某朋友的新酒吧開業，一眾蒲精前往「撐場」。

雖然這已不是自「那件事」第一次和大家見面，但內心仍然忐忑。

每次外出，言行皆小心，步步為營，手心冒汗，務必不能出錯。

能再見這班朋友，我很珍惜。

來到某大廈四樓，打開門，半場都是認識的，大家都已經喝得醉醺醺，一邊唱卡拉 OK，一邊談笑風生。

趕緊與主人家打招呼，Arthur 招我過去：「我還以為公演後要賽後檢討，怎麼這樣快？」我抱了他一下，跟著靠到他身上去。

「宵夜都吃過了，還早？我累死，而且我只是小編劇，又沒兼任後台，大事就給大導演，我來這兒喝酒要緊。」說著拿起檯上的酒就喝。

「今晚表演順利？」

「修改了些細節，故事比上一次流暢，況且多了兩個著名演員，把氣氛都帶起，可能有第三次公演。」我聲音興奮。

「那好，恭喜，飲。我們是後天的場嗎？」洪姑過來搭訕，真心高興的樣子，我又抱了他一下，我們拖著手，搖來搖去：「對，票子八張，到時在 reception 付錢取票。」

這時又有朋友趕到，大家一陣驚喜叫聲，加入抽煙喝酒講是非行列。

我話不多，間中做些反應，專做聽眾，惡補這兩年多的空白，雖然樣子與形體動作帶點僵硬，反應帶點遲緩，但最終能溶入這夜的空氣中；感覺一半驚惶，一半享受；一半似真，一半似假！

雖然他們未必是世界上最好的一班人，但是絕對是我最珍惜的一班朋友。

在一邊的 Garfield，不知和誰吵嘴，拿著酒杯高聲嚷道：「誰敢説我是一，我告他誹謗呀！」

聽著，我們都大笑起來。

洪姑笑著和應：「零就是零，絕不丟臉，怕甚麼？」

Garfield 最恨人家「真零扮一」，一上床就 Tyra Banks 上身説：「You wanna be on top ？」恨，他最恨——彷彿做零是甚麼自我貶值委曲求全不見得光的大醜聞！

這班人；包括我；都是這樣自我，目標明確，立場清晰，愛恨分明。

就是這樣愛恨分明，所以，他們曾經恨死我。

恨，總好過不恨，忘記一個人比恨一個人更為舒適容易。

看著他們，就會記起在夜場裡煙視媚行，最輝煌的日子，年輕就那幾年，正

如 Kelvin 説：「年紀輕，還有很多機會錯，從錯誤中學習，重新開始。」

所謂：「以人為鑒，可明得失。」

我一直想知道自己那天錯了甚麼？

況且，我不想再次失去這班朋友。

二零零四年，兩個追看了多年的劇集：《Sex and the City》與《Friends》相繼去到尾聲，世事正如王菲在〈紅豆〉一曲中唱：「有時候 ╱ 有時候 ╱ 我會相信一切有盡頭 ╱ 相聚離開 ╱ 都有時候 ╱ 沒有什麼會永垂不朽」，或者世事就是這樣短促無常，既然有機會，何不給自己一次機會？

好朋友猶如《Sex and the City》：廿多歲時看是一種啟發，到了三十歲後重溫，又有另一種領悟；無疑都是好看，但到了三十歲的今天，我已找不回廿多歲時那種興奮，但卻多了一份親切，金蘭姊妹好兄弟老朋友，彷彿從沒有離開過。

人的一生裡能教你碰上多少套如《Sex and the City》般的好戲？

所以那天收到洪姑邀請我參加他新居 house warming 的邀請，我二話不說，馬上答應。

掛線後我對著技蘭説：「別恥笑我……我是，是有點不甘心……我知，不是每件事最終都能查個水落石出，可是，最多……最多不作聲，新房子多一件傢具也不會太礙眼的。」

「喵！」技蘭說罷，藐嘴走開。

出發前那天，看著電腦螢幕發呆，一粒字也寫不出，睡不安寧。

準時來到洪姑新居，人也來得八八九九，有新有舊，舊的打招呼，新的自我介紹，然後依樣的嘻哈大笑，然後拿著酒杯食物，聽音樂，說閒話，玩遊戲；這是慣例，一開始時就說著無聊話，酒過三巡，定必有些人早走，有些人遲到，然後，留下來的才排排座，談談心底話。

這時房間裡播放著黃耀明與林憶蓮合唱的〈下落不明〉，拿著酒杯，坐在梳化上看著這班老朋友，納悶著，遲疑著。

我想：為什麼我得這樣賤，人家不理你，現在一個電話，就前仆後繼迎上去？

明哥磁性的聲音唱：「幾多派對 ／ 幾多個失散伴侶 ／ 幾多個故事並無下一句 ／ 終於一天想起要跟你聚 ／ 那號碼已不對……」

這班朋友可取的地方，不似阿明他們，一出來，不管談甚麼，看甚麼，結局總是男人男人男人……和男人，彷彿世上就只有男人這個話題值得討論。

我們——他們，除了男人，也會談談大家的生活家庭工作朋友或者理想，雖然會揶揄你，但最後都會互相關心支持；雖然會吵架，但最後都能冰釋前嫌。

這樣子才像朋友……一家人，否則只淪為夜總會公關式對話：「陳老闆，怎樣這許久不來了，呵呵呵！」永遠笑意盈盈春風亂拂言不及義。

永遠只要站在他們身邊，我才不會覺得自己是個異類。

老老實實，這樣的一班朋友，就算沒結果，沒下文，也要試，我不願老了某天，似林憶蓮在歌裡重重複複地回應明哥：「誰 ／ 沒有找誰 ／ 沒有等誰 ／ 自那天再不可追 ／ 誰 ／ 沒有找誰 ／ 沒有等誰 ／ 又間中有些唏噓……」

一整晚我説話不多，仔細地觀察大家，聽他們説甚麼，原來 Eric 結交了男朋友，還是去年五十萬人大遊行時認識的，現已同居了大半年；原來 Catherine 已轉了公司，開始減肥；原來 David 與 Andy 已去了上海發展；原來原來，不止我一個在變，過了三十，嫁白馬王子夢碎，所以不管有沒有另一半，不多放時間工作總是不成；做基佬，不得不儲錢防老。

或者也有人不變的，我和 Arthur 來到廚房吸煙區，以前人一多，我們都會躲藏起來説悄悄話：「為什麼這班人突然一大半都戒了煙？」

「你反而重新吸煙，」我聳聳肩：「好像是前年除夕由 Eric 發起的，幾個人在 Rice Bar，突然説過了十二時就開始戒煙，然後就真的戒了煙。不過能堅持下去的只有 Eric。其他人，『戒買不戒吃』。你怎樣，工作忙嗎？」

「轉了部門，升了職，現在是學校社工。」

「恭喜，」我們碰了碰杯，他又問：「有拍拖嗎？」

「還不是那樣，拍了，散了，又再拍，又再散，循環不息，陰魂不散。大概廿多歲時把一輩子的戀愛 quota 用光，又或是眼角愈來愈高，總碰不到像樣的男人，沒法子。怎麼及得上你，和 Ambrose 多少年了？一千年？」

「五年……六年，不記得了。」這時洪姑進來加入我們的對話：「你兩個躲在這裡幹嘛？都說不要緊，可以在廳抽煙。」

我們一起說：「不！」我大笑補充：「這兒不錯，外面吵，談不到半句就只顧笑笑笑，定是你在酒裡下迷藥。」

洪姑打我一下：「你們個個一向 natural high，才不用花錢來毒你們。怎樣，談甚麼來了？」

「我說，大概我與男人緣盡，現在索性認命，玩玩再說，反正晚上也忙，忙著寫東西。」

「寫東西？」

「是呀，去年不知為何竟有機會寫舞台劇。」

「那套戲？叫甚麼？說甚麼的？」

「叫《八姥匯聚九龍城》，寫八個大姑婆，即是寫你呀！」

「寫你……」

在這次聚會以後，在 Arthur 一班朋友堆中，Clive 的名字又漸漸活躍起來：「喂！下星期去看電影，要一起看嗎？」「喂！星期六晚我們去 PP，之前一起吃飯，來嗎？」「喂！記得幫我訂你那個舞台劇門票，尾場八張，大家一起去看。」……

結果又一起出來過幾次，每次出門前一晚都精神恍惚，一見面又氣氛融洽。談談話，跳跳舞，似回到兩年前，一大堆人出出入入；可是總覺得有點虛無飄渺，似過氣歌手復出演唱，深受舊樂迷賞識，所有綜藝節目都參加，突然曝光過度，話題總圍繞著以往的風光，可是為什麼老是説從前？那前途呢？未來呢？感覺毫不踏實。

這樣子就和好如初？

那過去這兩年的自怨自艾為了甚麼？

今天晚上也是這個樣子，凌晨三時，我一個人坐在酒吧附設的露台，裡面的人有的全醉，有的繼續搏鬥，我太久沒有蒲，喝了兩杯 Vodka Lime 已醉醺醺，走出去抖抖氣。

這時，Arthur 出來，坐在我旁邊：「怎麼出來了？太累？」

「久疏戰陣，變得心有餘而力不足，多喝兩杯，面目浮腫，似西環浮屍。」説著自己用手按摩後頸。

「你多蒲兩次，多喝兩杯，酒精抽乾臉上水分，馬上變回蒲精靚樣。」他説罷，靜了下來，點了一根煙，雙腳互疊，腰扭向一邊，一如以往。

我低下頭把玩著酒杯，持著三分睡意，三分醉，三分隱形眼鏡乾涸視線模糊，點了根煙：「有件事我想説清楚。」

他笑著説：「當然，不然我出來幹甚麼？」果然是白蛇精，多我五百年，有

備而來。

我又吸了一口煙，一口乾盡手中的 Vodka Lime，把藏在心裡很久的話説出來：「開始時，我過得很辛苦，我⋯⋯」就説到這裡，胸膛似塞著一大堆東西，情緒激動，委屈無奈自責寂寞，流著淚，説話顛三倒四：「⋯⋯嗚⋯⋯我⋯⋯就算我是多口得罪人，麻煩，發姣搶人男朋友，殺人放火⋯⋯我只是不明白，你們為什麼連一次解釋的機會也不給我？我⋯⋯」然後，我甚麼也説不出，Arthur 握著我的手，不住搖頭：「OK！OK！」

我拿起酒杯，裡面空空如也，Arthur 遞給我他那支啤酒，我一飲而盡，繼續又哭，重重複複那句：「為什麼不告訴我有甚麼問題？為什麼不告訴我有甚麼問題？為什麼不告訴我有甚麼問題？」

Arthur 淨是説：「OK！OK！」，小眼睛半睇，無可奈何。

我一直以為自己心腸硬，從沒有想過自己可是這樣的一個大喊包，但原來，碰上值得的事情，還是會哭的。

説出來也覺得兒嬉，兩年多的屈怨，就在 Arthur 這句：「OK！OK！」以後化作灰。

我不再問，對！It's time to stop asking question！

因為，我知道我們是真的冰釋前嫌，然後大家又再次走在一起。

我抹乾眼哭：「下次事發前，至少讓我知道。」

「好！要進去唱歌嗎？」

「好！我們唱〈千個太陽〉。」

「妖！」

當然，我和 Arthur 一班朋友的故事並不是愛情故事，無論如何都不會走在日落沙灘中，巨浪打上岩石；最最最浪漫的畫面是在南灣一起觀看穿丁字褲的俊男，或是三更夜半喝醉時幫忙掃背。

我們本是生活在山裡的山精樹妖，長大了化作人形，來到人世：有人愛上人，依著一般人的路走下去，結婚生子，繁衍下去；有人桀驁不馴，為禍人間；有人另闢別處修練，大多是上海北京，偶然回來見面；有人繼續回到荒誕的深山裡，每夜玩樂歡騰。

幾年後，我和 Arthur 有一次談起「這件事」，大家都覺得肉麻，Arthur 說：「其實那時沒有甚麼，就一個字『夾』（合拍，契合），覺得不夾就不一起玩。開始時是這樣，後來又覺得突然再找會很尷尬……，年輕時就是這樣，總以為身邊的人的想法做法看法必定要一模一樣，且要天天見面，周末人一大堆，才是好朋友好知己。現在回想，自己也覺得自己當年包容性這樣低，簡直低能。」

幾年之後的我說：「那時你只有三十五，還未脫皮進化成白蛇，如果能有這樣老練想得開，大概，今天可以成仙了。」

「貪戀愛情，怕寂寞的人，又怎能成仙？」

說罷，我們一同大笑，快四十歲的他與快三十五歲的我一樣可以笑得像低能兒；或者沒有吵過架，生過誤會，就不會成為朋友。

「來！飲！祝新居入伙，愈住愈旺。」Arthur 先舉杯。

「寒流襲港，有甚麼好得過吃火鍋。來，肥牛。」Phil 說。

我又舉杯：「今天多謝大家幫忙，這一餐，大家隨便起筷，飲。」

坐回位子裡，看一看對面，Leisha 與 Bett、Phil 和 Billy、Arthur 與 Ambrose、Kelvin 的好友 John 與他的外籍男友，與坐在我身邊的 Kelvin。

這幾對，我知道不是沒有吵過架，爭執過，可是最終還是在身邊，或者，意見分歧不重要，重點是吵架過後，爭執過後，仍願意留下來一起收拾這個爛攤子——這才是所有愛最困難的部分。

●

你認為愛情有 quota 嗎？

這樣複雜的問題，自當請教家屬神婆，Catherine 女士：

我覺得愛情是沒有 quota，所謂 quota，我會說這是緣分和因果。所謂前世因果今生種，想有多一點 quota，多做好事，行得正，企得正，自能積下好因好果，緣分自然來，一切求不得，只能隨緣只能等。

我說：「難怪上一代很多女人，嫁得不好，都轉行頌經唸佛去！」

—— 神婆 Catherine，三十幾，單身 X 年，多功能女性，懂玄學煮飯裝修醫藥水電工……，大概前生作孽太多，才遇到我們這班麻煩基佬。如有興趣結交，請與本人聯絡。

6.2

我是社工，社工的工作是幫助案主解決問題。同一個行為問題，原因何止千萬：父母管教不協調、情緒病、功課壓力、性侵犯、朋輩壓力……，故教授常教我們要細心觀察，不要放過每個可能性，然後才能對症下藥，加以解決。

可是我，卻找不出自己在愛情世界中的問題——我到底出了甚麼問題？

「小姐，請把一萬元港元轉買澳幣，定期一個月。」

看著草綠色的銀行存摺薄，我滿足地笑了起來。

如果不計愛情，我是滿意現在的生活的。

學校社工的工作已上軌道，與一班老師混熟，萬事有商量；我終於明白 Kelvin 對我說：「做事好固然重要，不過不管上司下屬，要先打好人際關係，才能有所發展。」這道理。

把這理論放諸四海，也能通行。現在 Sam 儼如我半個經理人，幫我接洽工作訪問；《八姥匯聚九龍城》重演滿座，書展推出的《八姥匯聚九龍城》小說版雖買得不多，但書商說：「確是不算多，但能賣個數，可以籌備下一本了。」

晚上回到家，忙於寫稿子，構思新故事，照顧技蘭，周旋於幾班朋友之中，還有家人，還有健身班，還有電影，還有音樂，還有很多很多……，時間非常緊張，最好一天有四十八小時。

因為做編劇，出小說，多了一筆額外收入，加上之前數年沒有夜蒲，不用常

買新衫新鞋新行頭，零四年中，已清還積壓多年的信用卡欠款；居然還有餘力儲錢。

這完全是我期望的生活，過著愜意生活，不愁金錢，與家人也常聯絡，且完全 come out；早上的工作可賺錢，晚上的工作平衡我的心理；就是最憂慮的朋友關係，自與 Arthur 一班朋友重新開始，更覺如魚得水……基本上，我是快樂的。

的確，如果不計愛情，我是快樂的。

可是，人是貪心的，愛情雖不是必需品，但是……單純的性交確不能解決心靈空虛的──但是，我對愛情已甚無信心。

大概是以往的戀愛經歷太壞，現在我有一種直覺：每一次愛，定必是分手收場，害了人，傷了自己，那為什麼還要愛？

雖然單純的性交確不能解決心靈空虛，但不是很多人獨身也能活得很好嗎？

上星期與友人們看《Eternal Sunshine of the Spotless Mind》（王牌冤家），如果我真的能學似戲中的男主女角，失戀後把戀愛的記憶完全刪除，或許我對愛情，會有多一點憧憬；對自己，多一點信心。

這陣子我們都不喜到基吧，嫌人吵，又貴，且定必演胸收肚擺出一副戰鬥格，實在累，朋友聚會，還是清吧較妥當，可專心談話。

所以今天晚上，我們一起看了《2046》，就來到 Fringe Club 的天台酒吧，

剛與男友分手兼分居的 Eric，一如以往，又在大發議論：「你看 ×× 與 ××
和 ×× 與 ××，那時候多愛對方，不同住，兩年不到，還不是全部分手？你
看 Arthur 和 Ambrose，相識三個星期就同居，現在多少年了！所以，依我所
見，基佬談戀愛，定必要同住，不同住定必會分手。」Eric 依舊愛在説話時
手指向前篤篤篤，一副號令天下，莫敢不從的氣勢。──難怪會嚇走男友。

不過，他也老了。

就算在夜燈下，也看得見白皙皮膚下的雀班，桃花眼下墜；減肥過度，面孔
似漏了氣的氣球，乾紋滿佈，又把眉毛修改成最近流行日本式細眉毛，説話
嘮嘮叨叨，穿上古怪服飾，似電視劇裡的中生[1]，拍到回憶片段時扮年輕的
不協調與突兀。──估不到第一個變老的，是他。

Eric 從前在夜場裡有型有款，八面玲瓏萬人迷，一來到現實的戀愛世界，同
居哩！天天見面哩！還要吃飯洗衣上廁所，就算你是神鵰俠侶、衛斯理與白
素還是家明與玫瑰，面對開門七件事，瑣碎事一大籮，神仙眷侶也變得俗不
可耐。

欠缺了黑夜浪漫空氣的包圍，明刀明槍下就縛手縛腳，無法一展所長，似未
能吸收陽光的植物，慢慢發黃發霉蒼老起來。──天生蒲精，轉了一個地方，
就馬上不行了。

看見這樣一樁血案在眼前，我們又怎能不好好説句：多多保重！

Arthur 莞爾：「別説到我身上去，你與這個不就是結交一個月就同居？怎麼
一年就分手？你估他不知道你外面的言行舉止。依我説，沒準備好，就別拍

拖，否則同居只會增加煩惱。」

唇槍舌劍你來我往，一向是我們這班朋友的溝通特色，Eric 欲待反駁，電話卻響起來：「喂？你們在哪裡？⋯⋯」說著走開了。

我問 Arthur：「那你又用甚麼方法和 Ambrose keep 了這許多年？」

「我們的方法是互相不理睬對方。」

「沒可能？快說！」

「到時你就會信。怎樣了？問這問題，難道最近有好男人上門？」

「所謂：『好男人，好難搵（好難找）！』現在我只是有空先問功課，怕有朝一天『臨急抱佛腳』。」

「這樣絕望？老實說，想找些甚麼男人，叫大家幫忙留意留意！」

「我自然想找大一點，成熟一點，有事業基礎的男人，難道還幫人家老母湊兒子，我沒興趣做保母。可是三十多歲的男人，好一點的自然

1

中生：生與旦，是中國戲行中流傳下來的角色位置，沿用至今。小生就是年輕的男主角。然而，小生也會有老去的一天，漸漸由兒子演到父親，故就稱之為中生──再演下去，就是叫「甘草」了──甘草是男女不分的！

keep 了人；就算差一點的，也都 keep 了人；餘下來的，不是直佬，就是核突（難看到極點）可怖，性格古怪，或是根本不想 keep 人。不然，到這年紀，正正常常又想 keep 人的，怎會找不到？所以説，過了三十歲仍是單身，多半有點不可告人的祕密。」我説罷，其餘幾個同年紀的，都有同病相憐的目光。

洪姑説：「你還好，樣子年輕，還有人 date，且晚上還可寫東西打發時間。我？自從和前任分手，就單身了四年。以前我是下班前就會想：今天要不要煮飯，如何煮？煮多少？現在，大多外出用膳，一個人很難買菜。」

其餘人拍手叫好，我跟著説：「懂寫字就不用吃飯？你看，看看我，」我指著自己：「我這種樣子最煩，三十歲沒有三十歲的樣子，人家看起來，既不是小花，又不是男人，人家不懂如何把我分類。就似是童星，無論多紅，到了青春期，定位尷尬，唯有多等幾年，可是童星們往往等不到青春期完結，就已經吸毒濫交開快車，彷彿一輩子也停留在青春期中，長不大，一輩子行的是『花仔運[2]』。……我已經很久沒有『正常男人』date 我了。」

洪姑又説：「曾有一個核突男人想約會我，我一看，心想：你不是以為我能和你做情侶吧？我怎能接受一個穿塑膠自動粘貼帶涼鞋的男人做男友？」

我揶揄他：「或者你的問題在於你太過高貴。你看百貨公司裡，永遠是中下價貨品的銷路比起奢侈品好。你要等大客戶來到才能出貨，可是現在香港的大客戶多來自中國大陸，請好好練習普通話。」

這時大家都分享著自己慘痛的約會經歷：

一個説：「我之前交過一個男人，上他家睡，怎料他習慣聽『恐怖熱線』睡覺，一晚我給羅蘭姐的聲音嚇醒了我幾次。忍了兩晚，終於要分手。」

另一個又説：「你只是睡時聽鬼古（鬼故事），大不了戴耳塞。我之前那個，愛一邊做愛一邊聽歌，還要是廣東中文歌，有時做到一半還要跟著唱。於是整個做愛過程中，似有第三者在現場看著，你説我怎能忍受？」

有一個再説：「我去年有個男友，嗜好過澳門、上賭船，我剛知道時非常震驚，當我以為我會慢慢習慣的時候，他竟和我分手！説：『和你上賭場，你又不賭，真沒癮！』哈！所以不是你願意遷就，人家就讓你遷就的。」

還有不知誰説：「男友與我分手，我估計是我的肚腩愈來愈大，兼開始脱髮。」

Ken 回應：「我總以為基佬的愛情，沒有了進化論的壓力，理應更有前途，不會只注視外表，能更深入愛一個人的性格。但原來很多人不懂自行進化，到最後還是看你是否有樣，有身材。你愛我的原因是因為我有『一對大波？』，我會覺得失望的。」

2

花仔運：以前運氣差時，也曾去看過相士，一般長不大的男子，或是沒有事業運，都會被稱為「在走花仔運」。到底花仔是甚麼呢？其實，男性未成年，都一律被稱作「花仔」（亦有另一解説，花仔是處男的意思）。成年男子像花仔，你説是不是一件好事呢？

我想了想説：「將來最好戀愛前要考取牌照，或者……或者你們有沒有考慮過，問題出自我們太尖酸刻薄，又或者不是每個人也適合拍拖的。我常常想，會不會是我不適合拍拖，所以逢愛必散？」

我説罷，大家一陣沉默，人人自危，這時 Eric 帶著四個年輕小花，如 F4 來港開演唱會時的架勢，一字排開到場。——「柴姐」真有辦法！

他們打扮有如所有青春劇裡的花樣男子，不管中港台韓日，都是一個樣子打扮，背心，Dior Homme 窄身褲，細皮帶，戴 hand band，頭髮掩蓋一邊眼睛，或加上新近開始流行的粗黑框眼鏡；個個皮膚幼滑，廿六吋腰，眼光明亮如一粒玻璃珠。——我終於知道誰是 Eric 的衣著靈感女神。

這樣美麗好看，和誰一起又有甚麼分別？去到那裡自有人照顧愛護打點，buy you a drink！——來這裡陪我們這班長老幹甚麼？

調調笑，喝喝酒又一個晚上，這種日子我有過，我懂得。

細看自己，三十一歲，能保持身材樣子，也給人搶白：「喲！還能保持身材呀！哈哈哈！」

對！我還能保持身材！不止不止，我還能走，還能吃，還能做……又怎樣？老不老，幼不幼，已不知能算甚麼類型，如何與人爭一日之長短？

四小花自我介紹了一陣子，沒喝酒，輕輕笑著，吱吱聲説起話來，然後目光朝我們——掃過去，暗裡評分數。

我和他們打過招呼，也擠起魚尾紋來笑，轉頭悄悄和 Arthur 說：「你看這班 F4，我開始明白，當年在『Why Not？』，為甚麼會受成熟男人討厭。」

「討人厭的是 Eric，明明說好是一班朋友見面，但常帶些小花來，前言不對後語，上次說葉德嫻是新進女歌手，真不懂如何與他們溝通。最怕是那些玩了一兩次的『男朋友』，次次留下爛攤子給我們善後。」

F4 逗留片刻就離開，原來他們要往 party 熱鬧去，走前叮囑 Eric：「你來到，記得 call 我們呀！bye！」走了。

我鬆了一口氣，輕聲說：「吵得頭痛。」

Eric 說：「為什麼你都不和這些小朋友說話。」

我一副不解狀：「和他們談了又怎樣？我們都經歷過，難道你忘了？他們來了是為什麼？為了找男人。男人一到手，人影都不見，好一點的仍會在過時過節見到他們一面？那為什麼要和他們打關係？你工作很清閒嗎？」

「多認識朋友也不壞，可能有多點機會。」

「免客氣了。我以前在『Why Not？』認識二百二十八個朋友。現在有你們這班朋友，還認識這麼多人為了甚麼？我又不是要轉去人事部工作。」

「所以，你才這麼久沒有人要。」Eric 突然結案陳詞起來。

我心裡想，我沒男朋友是因為朋友生活圈子太小？不是吧！──我還嫌自己

朋友太多。

這樣的「城市論壇 ³」，的確解決不了問題，更徒添煩惱──我到底出了甚麼問題？

數天後的星期三，大哥強迫我參加一個……一個……我估計是親友的喪禮。

看著靈堂前的一幀黑白照，一位笑容可掬的老太婆，苦苦思索，終於忍不住低聲問：「到底死的是誰，甚麼婆？」

大哥壓低聲音説：「是表姨婆，表姨婆！」

看看四處人山人海，大半不認識：「估不到我們還有這麼大的家族。」

「親友都由我聯絡，過年由我去拜年，你自然不懂。」

「幾時可以走？我想趕回家看《金枝慾孽》，快大結局，劇情很緊張。」大嫂也笑：「細佬，你不是有錄影機嗎？急甚麼？」

「大嫂，勸勸你老公，妳不想先睹為快嗎？妳不想知道誰人去救孫大人？」

大哥打我頭頂：「你們正經點，表姨婆年輕時很疼惜我們的。」

終於大哥堅持要我們待所有儀式完結後才准離開，反正也是看錄影帶，所以就與大哥一起晚飯。

他教訓我：「怎可能記不起表姨婆？她最愛小孩子，那時候常來買雪糕給你吃。」

「有嗎？我只記得嫲嫲當年常在背後說她壞話。」我有點懷疑。

大嫂說：「她有沒有買雪糕給你吃我不知道。不過，聽你哥哥說過她的事跡，一直令我很欽佩。」

「欽佩？原來她是女黑俠木蘭花？」

「正經點……」大哥又打了我頭一下，憶述起表姨婆的往事：「姨婆年輕時因為不滿家裡安排的婚事，就一人個人老遠由潮州偷渡來香港，最終認識了你表姨丈，還要嫁個不是潮州人的男人，在香港落地生根，家裡人知道氣得不得了，斷絕了來往。你知道在那年代的潮州，女人身分地位低，怎會有話事權；表姨婆這樣做，根本就是離經叛道的事情，難怪你那保守的嫲嫲不喜歡她。不過，我本人就很佩服她的作為。」

「原來她是烈女。不過，我們家族有這樣浪漫的基因嗎？」我斜看大哥大嫂，他們笑著吃飯。

3

城市論壇：城市論壇，是由香港電台電視部製作的一個長壽節目。每星期一次，每次討論一個政治話題，然後請來有關的官員與政客來辯論一番。由於節目是在維多利亞公園進行，坐在台下的激進分子往往會在下面大吵大鬧（不知為何，多是上了年紀的老人家），粗言穢語亦有聽過，故被冠以「維園阿伯」的美名。到現在，不管年輕年老，總之只要愛吵吵鬧鬧的，都會被人叫做「維園阿伯」。

聽説，也是聽説，大嫂從前是個不良少女之類，男友一大籮，後來結識了大哥，嫁作人婦，才收心養性，多年來幫大哥管理裝修公司，由木屋區捱到今天有車有樓，一切得來是不容易的。

現在看大嫂，不會似一般中年婦女穿大紅大綠豹紋與 Hello Kitty，素色衣裳下樣子嫻熟且斯文有禮，氣質大方，一點飛女相也看不出。

這時茶餐廳裡的待應生慌忙跑進來大叫：「差佬抄牌，有沒有人把車泊在外面，快！快！」大哥馬上走出去，把車子駛走。

「要等他嗎？」我問。

大嫂説：「他 OK 的！先吃。」她説著，眼卻常往餐廳外張望。

「大嫂。妳還很緊張大哥吧？」

她呸了我一下：「不緊張……」

我又問：「妳還很愛大哥吧？」她笑而不答，我多番催促，她才説：「不愛又如何一起這許多年。」

「都結了婚二十幾年，怎能仍這樣愛？不悶嗎？」

「可能是我蠢，決定了愛一個人就一個人，不懂得不愛，也不懂得愛另一個。且工作忙，照顧公司和女兒，怎會悶？似一天睡醒，就二十年了。」

我不明白：「怎樣才能永遠愛一個人？」

「怎樣了？這樣多問題，終於拍拖了嗎？」

「不是，只是……好奇。或者某天可以寫到新舞台劇裡去。」

「好！就告訴你。那時年輕，又怎懂得甚麼愛不愛，沒給我媽捉我去相親，已是萬幸。」

「那怎會愛上我哥，那時他連師傅級也未到！」

「那時只覺得你哥樣子似狄龍，人正派，心地好，理應能好好照顧我，尊重我；我又願意給他照顧，尊重他。我也不介意他是否有錢，兩公婆，一起捱，沒有不出頭的道理。」

「愛情就這樣簡單？」

「細佬，那年代的人都是這樣，又能怎樣複雜？有時我常聽見我女兒和同學談電話，都說甚麼戀愛要贏不要輸，誰壓倒誰，又要怎樣搶了，唏！打仗似的，我不懂這些！我只知愛情不是比賽，更不是做生意，是不用經常計較誰勝誰負誰賺誰蝕的！當年，你以為我沒有人追？」

「自然，你是伊利安達電子廠廠花。」

「你少取笑我。我是說，如果我計較你哥沒有錢，找一個富有的男人，可能今天我會有很多錢，可是有誰知？只知道的是以前很多一起玩的姊妹，今天

有人離婚，有人丈夫上大陸包二奶，有的還是一個人，我已算是比上不足。」

「人要甘心，我明白，可是……可是我怕輸！」

「難道你怕這碗飯不乾淨，吃了要看醫生，就情願不吃飯餓死？」

「如果那碟飯很難吃呢？」

「難吃？愛情有時不止是愛情，愛情裡應包含生活，包含責任，包含很多其他東西，簡單來說，愛情就似這碗炒飯，所有材料都混在一起，揀飲擇食會引至營養不良。要吃，就得全吃下去，我情願事後看醫生，總好過立即餓死。」

我聽著大嫂的說話，想想自己現在的困境：「如果一直碰上不好的男人，怎辦？」

「你常常想著不好，無論那個人如何好，你也會只見到他的不好。深奧的東西我不懂，但這幾年我常看佛經，師父也說做人要行善，但行善不是捐錢做義工，而是你的心是否以慈善的心態去做。心想著好的東西，事情才會好起來。」

「心想著好的東西，事情就會好起來，就這樣簡單？」

「大概，我一直這樣想，跟著變得心平氣和，然後事情自然就會好起來。」

這時哥哥回來了，他一坐下，大嫂又幫他叫了另一碗熱飯，兩公婆親熱地吃

晚餐。看著有點妒嫉，我也想有這樣的一個人在身邊。

大哥夾了苦瓜排骨送到我碗裡：「呆呆的看甚麼？快吃飯！」

我回過神來，看看碗裡的一片苦瓜，吸了一口氣，放到口裡，仔細咀嚼。

那天晚上回家，拿了這十年的照片出來，一看，誰拍的？誰人會在半夜兩點半，喝得面紅耳熱兩眼反白醉醺醺就拍照？相片慘不忍睹，我忍俊不住。

然後是與幾個不同男友拍下的相片、貼紙相、即影即有相，每拿起一張，閉起眼睛，我記得的，都是和他們一起時快樂的片段；不開心的，反而模模糊糊。

的確，雖然事後我們都分手了，有人傷過我心，我亦傷過人心，但最開始的時候，誰都沒抱住壞心腸去整人，害人。

受了傷，又怨得誰？

如果世上真有《 Eternal Sunshine of the Spotless Mind 》戲裡説的那種科技，我願意把和他們一起的記憶刪除嗎？

不！

我不願意！

絕對不願意！

253

不管是心疼的，還是心痛的，因為愛過，所以我一個也不願把他們刪除。

如果愛情有如大嫂所說：似一碟炒飯。

理應甜酸苦辣共冶一爐，我又為何只要吃甜？我又為何把問題通通往自己身上堆積，叫自己透不過氣來。

家裡收音機正播放著孫燕姿的歌〈遇見〉，她唱：「我遇見誰 ／ 會有怎樣的對白 ／ 我等的人 ／ 他在多遠的未來 ／ 我聽見風 ／ 來自地鐵和人海 ／ 我排著隊 ／ 拿著愛的號碼牌……」

霎時間的頓悟，叫我明白，或者不止是我的問題，而是……而是時間不對，人物不對，氣溫不對，不會單單只是一個人的錯；我的錯！

我是社工，社工的工作是幫助案主解決問題。同一行為問題，原因何止千萬：父母管教不協調、情緒病、功課壓力、性侵犯、朋輩壓力……，故教授常教我們要細心觀察，不要放過每一個可能性，然後才能對症下藥，加以解決。

作為一個專業社工，找出問題癥結之後，理應對症下藥，勇往直前。

想像著美好的將來，我知道自己可以做甚麼。

我對著技蘭說：「除了看醫生，有時愛也要掛號的。」

「喵！」技蘭在我的腿邊挨挨擦擦，異常親熱。

放下照片，來到電腦前，在 chatroom 的留言板上寫下自己的 state：Clive，GAM，31，ISO LOVER。

看著螢幕上跳動的文字，等待有心人的來臨，我沒有心急，沒有焦躁。

然後我又打開一個 Word File 視窗，在上面打：同志劇《生鬚美人》，原作：小波。

我從沒有這樣強的信念，相信自己能寫好這個故事，相信自己能有一個好男人。

就是這樣，我第一次覺得自己長大了，不依靠別人也能控制手裡的東西，那個纏繞我多年，五呎四吋，一百六十五磅的靈魂終於離我而去。

這一年，我開始品嘗到苦瓜的美味。

這是二零零四年九月十五日，我，許振球，決定重新開始。

為了「男同志不同居就會分手嗎？」
這問題，我特地遠赴台灣，
找來友人分享不同地域的人對這事的看法：

答案 A：

同居，可以浪漫的説就是為了「每天起床第一眼就看見你的臉。」等同居了很多年之後，它的意義就自動變成「為了確保另一半每天起床第一眼看見的是我而不是別的男人的臉。」

情感再穩定、再忠貞不渝的 couple，也有揮之不去「色衰愛弛」的隱憂。同居除了有節省房租水電費、多點時間談心相處等等看得見的實際好處，還有「就近看管、互相約束」的效果。再説，每次約會都是逛街看電影喝咖啡加上床，久了也會膩吧。在家看看電視、下廚、聊天、親親抱抱已經很開心，週末兩天不知不覺就過了，幹嘛沒事跑個大老遠把錢往別人的口袋裡倒呢。

── 小吉，34 歲，文藝人，年輕時浪漫不羈，也重文藝氣息，現處於一段八年關係中，與男友同居七年。

答案 B：

戀人既然註定變成家人，不同居的話還有什麼安穩未來可言？
我雖然不認為非同居不可，但是我也贊成。每天有人牽你手一起看電視，每天有人在你出門上班時，還睡眼惺忪等著 kiss bye，每天有人……同居的樂與澀，說不完更不為人道。在熱戀期嘎然而止之後，你不會想邁進下個里程、加碼下注嗎？

至於不同居就會分手的傳言，我倒是看過很多同居卻分手的 couple！

男人在和你成為純純的家人關係之後，開始容易蠢蠢欲動！除非你們說好 open relationship and legs，不然這時若不把他留在身邊，你讓他在外獨自面對下半身，你就得準備好不和他面對下半生。

── 小 G，34 歲，廣告創作人，上面那位的同居男友！

（書出版前，兩位並無看過對方答案，嘻！嘻！）

6.3

二零零八是北京奧運年，對於很多中國人來説，這是一個值得紀念與自豪的年分；可惜一開年，京奧就被百年難得一遇的大風雪與「艷照門」事件搶盡風頭，人人天天談論，上網等看新照片上載，然後一眾青春玉女排著隊出來發毒誓；估不到，真估不到，摧毀香港娛樂圈的不是 BT 下載，不是翻版碟，是陳冠希。

而我，亦永遠不會忘記這一年，原因並非香港最後一個貨真價實有樣有演技的明星張柏芝不再拍電影，而是我買了第一間房子，和拍拖三年多的男朋友 Kelvin 正式同居 —— 雖然過去一年，他在我家的時間比起任何地方都多。

「再見，再見。多謝今天來幫忙，記得下星期 house warming 準時到。」在大街上和朋友們 —— 道別，最後又只剩下我和 Kelvin。

Kelvin 看著我：「快回去，還有十幾箱東西沒搞妥。」

我調整了圍巾的位置，雙手忍不住把自己圍抱著：「搬一次屋，打仗似的，天氣又冷，人又累，真不想收拾東西。」

「對面有便利店，買兩支熱維他奶，邊走邊喝，又可以暖手。今晚你先睡，我昨晚睡得好，今天可以收拾得晚一點。」

「好，反正請了三天假，可以慢慢執。」

Kelvin 笑而不語，往小巴站走。

他了解我，知我一向性子急，口裡是這樣説，回到家還不是乖乖繼續開工，

然後他在一邊幫忙。

不過剛開始的時候，他並不是這樣了解我的。

二零零四年的除夕，我推掉所有朋友的約會，在家等候 Kelvin。門打開，他拿著兩大袋 City Super 的購物袋，笑容可掬：「今天由我煮飯。」

Kelvin 慢熱，用電腦溝通了一個月，才談電話，然後上星期才第一次見面，看完電影，也就各自各回家去；我還以為他對我沒有興趣；誰料前天又打電話給我，問除夕晚上要不要一起吃飯——在我家。

這是第二次見面，他穿了一件黑色樽領毛衣，黑色短皮襪與牛仔褲，長圓臉，頭髮鬆鬆的堆在頭頂，沒有重型固髮劑，自然簡單，濃粗眉毛，帶眼鏡，牙齒有點不齊整，鮮紅嘴唇，旁邊長滿短鬚髭，笑起來趣怪可愛；與我差不多高矮，多肉，但不胖，絕不是健身房的出品。

他的樣子並非老遠就看得見，或是看了照片也不一定記得的那種。

那一晚的菜，南瓜湯的瓜肉攪不爛，牛扒太熟，配菜太生，最好吃是法式麵包與朱古力蛋糕——City Super 的西式麵包蛋糕向來甚有水準。

老實說，第一次見他時，我並不以為自己會喜歡他，如果不是因為在網上和他談了一個多月，兩個星期電話，覺得他人品不俗；如果我不是有過這許多的經歷；如果我不信 Ken 所說基佬的戀愛不應只顧外表；如果我是廿一歲；如果我是廿五歲……甚至廿九歲，我定必中途偷走。

可是，Kelvin 討人喜歡的是他的真誠、坦白，還有堅持、耐性與實在。

他的口頭禪是：「等一等，讓我想清楚。」然後一副委屈樣子，才把我以為最簡單的事情說出口：「我覺得不應讓技蘭上床睡，我們都對貓毛敏感。」

估不到，我也耐得住性子，站在那兒等他想清楚。

然後，一等就這幾年。

在我未清楚這一切以前的那個除夕，我們第一次拖手。

Kelvin 的手很冷，多汗，大家都非常緊張，沒有做愛，我們挨在對方身上看電視除夕倒數。

他凌晨時分離開，然後第二天我們再去看電影，他第一次在我家過夜；第二天早上，一早起床回家換衣服上班。

出發前，他皺著眉，有點掙扎：「今晚我們可一起吃飯，不過……我不過夜了，怕家裡擔心。」

結果，Kelvin 第二晚又在我家過夜。睡前我說：「我不要再猜，再玩甚麼遊戲，我們拍拖好嗎？」他害羞地吻了我的嘴，算是回答。

我拿出一個全新的枕頭給他。

他每天早上都說今晚要回家去，但第三晚，第四晚，第五晚……，他每天都

早起兩小時，回家換衣服上班；我們的愛情是在他的思想苦苦掙扎下開始的。

我們是完全不同的兩個人，他是這樣的堅持，保守，有規有矩……可是卻願意為我不守規矩。

我是這樣的散漫，放任，為所欲為……我願意為他守規矩？

Kelvin 和我以前的男朋友完全不同，所以我們剛開始時，沒有熊熊烈火，且著實有過一陣子的忍耐與迷惘，直至今天我問自己為什麼那時要忍耐呢？

我會說：「大概二零零五年，有利於愛情吧！」

這一年王菲與李亞鵬，還有周嘉玲與印度籍設計師 Darryl Goveas 結婚。

「喂，我拍拖了！」和 Kelvin 開始三個月後，我開始和朋友交待新戀情。

「他不抽煙，不喝酒，不夜蒲，你會喜歡他？」Arthur 初次見過 Kelvin 後問我。

「或者就是他和我完全不一樣，這樣我才可以看到自己在另外一個世界得到甚麼評價。」

「就是這樣你夠嗎？ Drama Queen ？」

「和他一起，開始學習實在，所以現在差不多十二點鐘，我要趕搭尾班地鐵，先走。」我急步離開梅蘭芳酒吧。在九如坊的小街上，看見仍在抽煙喝酒的

朋友，這是我以往習慣的生活，分割不開的朋友，到底我是否可以適應和 Kelvin 這個實在男生活的新習慣？

「他沒有六呎高與粗壯手臂，你怎會喜歡他？」Sam 初次見過 Kelvin 後問我，之後還補充：「對了，新劇兩個月後上演，記得下星期要交最後修定的 script。」他明顯心不在焉。

戀愛雖然是兩個人的事，但朋友都這樣說，心裡也確有疑團。

我在日記簿上這樣寫：「到底我是愛他？還是只是為了愛而愛……還是屈服了，不再相信浪漫的愛情？」

我抱起技蘭，手搔著她的肚皮問：「我仍是個浪漫的人，對嗎？」

「喵！」

唔！她也認同！

太久沒有戀愛，也太習慣一個人獨來獨往，隨時夜歸、不睡、興致一到就去旅行……，剛開始時我常常忘記要告訴 Kelvin。

他也會生氣的，然後生著氣做家務。

我提醒自己，現在我的行動，是會影響另一個人的。

凱西與 Leisha 反而喜歡他：「這樣很好，取長補短，我們倒是看好的。」

説起 keep 人，還是 Lesbian 有眼光。

無錯，Kelvin 他是固執，但卻會遷就我；他從來不吃的東西，開始會試一點點，我説：「有些事情總要試過，試過，不喜歡，才決定以後都不喜歡。」

我是急躁，但開始嘗試放慢腳步，在街上，常常看看背後他在幹甚麼，他説：「不是每次都要立刻到目的地。走這樣快，旁邊有甚麼都看不見了。」

相處久了，我倆慢慢有所改變，似把冷水與熱水放在一起，兩杯水會漸漸變成相同的溫度。

於是，我開始變得穩重而細緻；他開始變得輕巧而大膽。可能，和他相處日久，我漸漸看見一些平常看不到的東西。某天，我發現藥房的洗潔精與沐浴露比起超市平三十個巴仙，興奮大叫——我竟然覺得很浪漫。

除了藥房的洗潔精比較平宜，超市會有原價五元，「特價」兩盒十一元的衛生紙；還有兩個人一起看《大長今》，比起一個人好看；還有還有，他會為我的稿件修改錯別字。

我和 Kelvin 的感情，竟在大眾都不大看好的情況下，慢慢的取得共識，愈來愈多新的發現。

我們的愛情關係這樣的實在，無法弄虛作假的情況下，變得穩固。

或許是我天生多疑，拍了拖一年，心裡仍有一點點的不實在令我非常困擾，那就是我説不出自己愛他甚麼。

或者他是心腸好，可是很多人也心腸好！

或者是他愛我，可是也有很多人愛過我！

或者……或者……在我們實在的生活裡，我找不到一個實實在在愛他的理由，直到那一天。

那天我們在商場上扶手電梯時，看見 Kelvin 臉上驟然變色，神情驚慌。

我問他，他說沒事。

於是我們繼續吃飯逛街，但很明顯，他有心事。

我們開始時曾經答應過對方，有問題請開口，我不要猜，皆因猜心危害感情。

那天晚上回到我家，我捉著 Kelvin 的手問：「有心事嗎？」

他沒回答，有點眼淚，我耐著性子又說：「你得告訴我，我是你男朋友，沒有甚麼稀奇古怪的事情我會接受不了，或者說了出來會好一點。」

他又想了想，才點了點頭說：「等一等，讓我想清楚。」

看他的臉，上面有掙扎過的痕跡，我只是拖著他的手，支持他，然後是等……等……等……等他開口。

原來今天他碰見那唯一的舊男友；那人欺騙他，在外面有第二個。分手那天，

他們在中環，舊男友告訴他事實。

Kelvin 心裡很亂，忍著不哭，走到街上去，想叫自己冷靜，怎料那壞男人一直追過來，大街大巷，無路可途。

Kelvin 知道，他一來，自己就會忍不住哭，大哭。

這時一架巴士剛好到站，只好立時跳了上去，剛上巴士，已忍不住流眼淚。

我問：「傻瓜，為什麼要上巴士避開他？錯的是他，理應掌摑他一巴掌，高貴地離開。」

「我怕，那時我怕，又不想讓他見到我哭。」

「後來又怎樣了？」

「我上巴士，只想避開他，怎料上了一架往天水圍的巴士，那是中環尾站，巴士一直上公路，隧道，又是公路，四十五分鐘後，到達朗坪才有站下車。」

那一刻，我確實想笑，心裡想：「怎可能這樣低能，錯又不在你。」

可是當我再看清楚 Kelvin 的樣子，我彷彿看得見自己年輕的時候── 對愛情的信任，執著，憧憬⋯⋯但最終失望而回。

這時心裡一股熱血湧往心頭，這輩子第一次有這種念頭，決心在往後的日子，要好好的愛護他，看守他，愛他。

那天在床上，我猛然驚醒，我開始明白我愛 Kelvin 甚麼，愛一個人不是只要被人愛，被人保護，被人照顧；而是也要同樣的愛他，保護他，照顧他。

我坐起身來打開燈：「喂，有東西問你？」

Kelvin 揉著惺忪的眼睛：「怎麼了？睡不著？」

「不⋯⋯不如，不如⋯⋯反正你一個星期都有三、四晚在這裡，那邊的兩個抽屜也是你的東西，不如你正式搬過來住？」

「別妄想，我還沒有準備好⋯⋯而且你這裡太小太舊，返魂乏術。」

「你嫌棄我！」

「神經病，我嫌棄你的話在這裡幹甚麼？⋯⋯慢點，你是一時衝動，根本對同居沒有概念，沒有準備。」

「誰說我沒有，」說著我跳下床，從床底找出一個大膠箱來：「快來看。」

Kelvin 坐直身體：「夜半三更，你搞甚麼鬼？」

我打開大膠箱，把裡面的東西一件一件拿出來：「我是有準備的。你看這塊布，是我在布里斯本的跳蚤市場買的，用來做窗簾，房間變成郊外的氣息；這盞小吊燈，泰國買的，掛在房間裡感覺溫暖；這一對調味架我在 Loft 減價時和人搶回來的；還有這裡幾個相架，在九份、曼谷、沙巴和悉尼買的，將來再買多一點，把你和家人和朋友的照片掛滿一整幅牆⋯⋯」過去數年，我

旅行時，往往看到一些東西似乎適合我將來溫暖的家，我都不由自主買下來，漸漸儲下一大堆。

我看著滿手東西自言自語：「未買大屋就預購新居擺設，是否有點病態？」

「喵！」技蘭一下子跳到大膠箱裡坐定，看著我，我聽見 Kelvin 說：「等一等，讓我想清楚，」好一刻鐘才說：「可是，我們很多東西也沒有準備好，不如就當一起住是個目標？一起住之前，大概仍有很多東西要準備。」

聽到 Kelvin 這樣說，我心裡大概打定輸數，要知人家對你好一回事，可是要和你組織家庭又是另一回事。一來到這關口，不管有沒有心，各人自有另一盤數在心裡七上八落，且大部份總與你計算的有所出入。

但 Kelvin 說的準備，並不是空口講白話，而真是有事要做的。

三個星期後，他安排我和他的媽媽吃飯。

我緊張得要死，Phil 說：「有甚麼好緊張的，我經常把男友帶回家給媽媽見。」——多開放的一家人！

Kelvin 母親是傳統老派，連廣東話也不純正，形容我是借地方與他兒子過夜的「好朋友」；對著伯母，我自然施盡渾身解數，成功過關。

我如何知道自己過關？

除了定期與伯母（或者應叫奶奶，台灣人叫婆婆）吃飯，從過年她給我那一

封利是⁴的多少，我就知道了。

人家有付出，我亦自然要禮尚往來；可是看著香港的樓價，與不停跳升的利息，買樓？不知等到何年何月。

我開始更節省一些，CD、雜誌、零食、海報忍手不賣，且在半求半跪下，找來一兩個專欄來寫，希望快點儲足首期。

愛情果真是在你不用掛心吃飯睡覺時，才是無敵的。

不經不覺，和 Kelvin 已一起一年多；愜意的日子，度年如日。

我已完全習慣有 Kelvin 在我身邊，下了班，不用寫稿，索性放下腦袋不用，甚麼也不想，思想自然變得簡單，行為也開始低能，可是生活也自然變得單純，為了一些小事，就嘻嘻笑起來。

當然，一談起工作，我還依舊是那個 Miranda：「答應？你竟敢幫我答應拍照？幾十年來從沒人敢幫我亂答應人的！你當真得意⁵。」

宣傳小妹沒給我的聲音嚇退，反而振振有詞：「拍張照片放到雜誌又不是大問題，每個人也是這樣做的，真不明你為什麼這般抗拒！」

給她這一說，我無名火起，倒也笑著臉，放輕聲音說：「阿妹，告訴你，我是個土產香港基佬，就知一張嘴除卻吃飯喝酒口交，餘下有空就主修本土語言學，一張利嘴尖酸刻薄兼毒辣。照片一出，總找到某種錯誤，然後圈圈圈剔剔剔：那人年紀大一點，整體走樣，給人批評是沒有話說，活該丟人現眼；

他要是年紀大但身材樣子還能保存，就說是千年老妖天山童姥『採陽補陽』打 botox。彷彿年過四十，就理應躲藏在家中，捧白雪仙，唱粵曲，或是加入『明荃之友會[6]』。別以為年輕可以倖免，人形妖怪末路狂花私生活不檢點──哈！──我就看過名基血案，在網上把人家上床經過，下體長短粗幼，活躍指數，體位喜好，詳細列明，反覆引證，只欠圖表解釋。叫人以後如何找男友？你以為我是你們這一輩，喜好把自己與男友接吻照放上 blog 任人參觀，還要沾沾自喜？在香港，我情願做名妓也不要做『名基』，名妓至少明買明賣出師有名。我？多寫兩粒字，又不曾上電視吃壽司，到電台做主持，拍電影做老角……算得甚麼？你去書店看看，幾千幾萬個作家，娛樂圈滿佈才子才女，要拍，留給他們拍。」我一氣說罷，伸手取過一杯水來喝，嚇得新來幫忙做宣傳的小妹花容失色，Sam 連忙安慰，轉頭白了我一眼，我藐著嘴說：「乖！妳不知如何交待，給我電話，我自己交待。」

Sam 向她打了個眼色，著她離開，回過頭來白了我一眼：

「你嚇怕人家，你知否新一代心靈脆弱，一哭，下次就不幹了。」

4

封利是：「利是」即「紅包」。廣東人把「給利是」叫作封，與「封賞」的「封」同義。同時，封亦可作量詞，一封，就是一個。

5

得意：記著記著，一般的香港人，稱讚人「得意」時，你得同時留意他的表情。因為人家說你得意時，大部分是想說你「不得意」！

6

明荃之友會：香港著名藝人，人稱「阿姐」的汪明荃的影迷會名稱。

269

「由第一天起我就說清楚：只做訪問，不拍照。是她發夢，整天以為自己是聶小倩，一隻幽魂四處飄！」

「算了，我幫你善後。」

「多謝！」

「和 Kelvin 最近還好嗎？要否留靚位給他？」

「不用！他對我寫的東西沒興趣。」

「可是他幫忙你校對呀！」

「所以你說我們是怎樣了？自然是好的！」

「估不到你和 Kelvin 能 Keep 這樣長！你樣子雖然累，但我知你開心。」

「我也估不到！他是這樣慢吞吞，又不是六呎高……真奇怪，我已一年多沒有去 Sauna，可是，連一點心癢的感覺也沒有。」

「喂，之前問你答不出，現在想清楚到底愛他甚麼了？」

「我想不止是習慣，而是我開始愈來愈喜歡看見他。有他在的晚上，我睡得安寧，放心熟睡──他是會半夜起來為我蓋被子的那種人；所以，有他在身邊真好，能放下一直以來的不安，掛心，放心把自己交給他，安心睡好覺。同時，我亦覺得在情感上可以好好保護他。」

「這是新劇台詞嗎？肉麻！」

「下次我寫一個故事叫……就叫《六月飛雪熱辣辣》。」

「Drama Queen。」

或者世事真如輪轉，當我的戀情漸次穩定，身邊的朋友又出現問題。

Phil 依舊是貨如輪轉，Sam 依然投身演藝事業，Arthur 和 Ambrose 仍是老樣子，但想不到最穩定的一對竟出問題。

零六年，我的第一套同志主題話劇《生鬚美人》上演六場，上座竟然不壞，公演最後一晚，凱西和 Leisha 分別告訴我，她們要分手了，理由同樣是：「生活了一段日子，大家對將來要的東西出現分歧。」

她們分手這段日子，我和幾個相識多年的女同志朋友，夾在中間，左右做人難。

終於不知怎樣，因為感性上的選擇，覺得 Leisha 需要多一點體力上的協助，好像找房子、搬傢具、借肩膀給她哭，於是我和 Kelvin 也得出力幫忙。

就是這樣，漸漸與凱西的距離疏遠了，有時打電話給她，相對無言；彷彿我變成 Leisha 一黨。──認真左右做人難！

雖然她們兩個於一年內都各自找到新的另一半，可是每次想起那時三人行的日子，總有點懷念；真似看著父母離婚的子女，只能暗暗希望她們都快樂。

後來，有一次，我把新書送上去給凱西，我們坐下來好好談了一頓話，本來都是說些無聊笑話，突然她對我說：「記得我們以前每天通三次電話，甚麼也講給對方知道嗎？」

「我記得。我當然記得。」

「可是那些日子都到哪兒去了？」

我微笑著說：「都在心裡。我知道，我以後有甚麼問題，妳一定會在；同樣，妳有甚麼困難，也一定會見到我。」

原來最好的朋友可以是這樣子的，不常見，但心常在，情常在。

看著父母離婚的孩子，普遍都會生出兩種極端的戀愛生活：第一種是不信任愛情；第二種是堅持要有完整的家。

零六年年底，香港政府把剩餘的貨尾居屋出售，在學校的社工室裡看到這段新聞，我興奮得馬上打電話給 Kelvin：「今晚別開 OT，下班馬上來我家。」

星期天，天氣冷，風大，我們坐巴士來到富山邨，左轉右轉二十分鐘，終看到紫綠色三層商場上面巍峨地聳立著幾幢橘黃色大廈，下面用圍板封起來。

我們停在路邊看上幾分鐘，我說：「我喜歡橘黃色。」

「可是⋯⋯這不是私人樓宇，不能寫我的名字。」

若是以往，聽到這句現實的對白，我定必氣得甚麼似的。

但現在，我會想：照顧家庭，我也應盡責任。

霎時間，我竟想起為我買了一幢房子的 Kelvin 來。

這一刻，我完全明白他當時想甚麼；原來，只有很愛一個人，願意為對方負責任，才肯背起這樣大的一個重擔。

「買居屋只需付半成首期，我夠錢，而且你還要負責自己家裡開銷。那就你負責你家，我負責我們的家，」Kelvin 的樣子有點猶豫，我又補充：「你自然要負責一小部份家用，過幾年，賣了這裡，用來做首期，再買一間比較大的私人樓宇，到時你別妄想不用供款。」

他終於點了點頭，我揶揄他說：「這是買樓，不是求婚。」

我不理大街大巷，緊抱了他一下。

然後，就來到最繁複無趣討厭的部份。從當初預計買房子而省吃儉用，戒絕名牌與夜蒲，還以為就是終極付出。我從沒想過有了錢之後，看房子，做按揭（貸款），請律師，約裝修，置傢具，擇日子……有這許多的功夫，就是填那些轉地址表格，就似是沒完沒了的差事；最討厭填表格。

幸好，Kelvin 最擅長填表格、看價錢、記日子、做決策……身為同性戀者，很多時答應同居，某程度上就等同異性戀者結婚，到底結婚是怎麼樣的一回事？

為了買這一間「建築面積五百呎」的房子，大哥幫忙裝修，我又「刷盡」友情卡，從取意見、拿折扣買傢具電器……與其他其他，釜底抽薪一次用盡，無以為報。

經過這樣長的辛苦努力，終於捱至腰痠背痛，我「哎……」地叫著，坐倒在梳化上。

「怎樣，早叫你明天才收拾，你看甚麼時候了？」Kelvin 揭開那張從布里斯本的跳蚤市場買回來的花布改成的門簾，從廚房走出來。

「兩點？」難怪累得要死，說罷我半跪在梳化上，看著窗外的景色說：「你看，真的看得見對面海，累也是值得的。」

Kelvin 說：「快些休息，明天繼續作戰。」

「你先去洗澡，我來收好這堆手尾，不然技蘭半夜跳進去玩樂就麻煩了。」Kelvn 吻了我一下，到浴室洗澡去。

打開收音機，把幾箱收拾得一半的東西放好，走到廚房去斟水。

估不到，Kelvin 已把廚房整理好了，一切井然有序，兼有熱水供應。

我泡了一杯茶，來到廳中央坐定，技蘭識趣地馬上跳上來陪坐，我手搔著她的後頸說：「喜歡這裡嗎？」

「喵！」她很快就適應這地方了。

我坐著看看四周的環境，新居的簇新味道瀰漫著，米白色牆座地燈橙色地氈平面大電視兩對新拖鞋，街外很靜，我從沒有在自己的夢中見過，連發著最瘋狂的夢時也不曾見過；現在一看，是這樣的陌生，不認得。

我是怎樣走到這裡來的？

這時，深宵節目主持人竟播放著「校歌」；以前在卡拉 OK，一起這首歌，結果都會變成大合唱。

是劉若英的〈後來〉，我跟著劉若英一起唱：「又是為什麼／人年少時／一定要讓深愛的人受傷／在這相似的深夜裡／你是否一樣／也在靜靜追悔感傷／如果當時我們能／不那麼倔強／現在／不那麼遺憾／你都如何回憶我／帶著笑或是很沉默／這些年來／有沒有人能讓你不寂寞……」

我聽著，人靜了下來，細細地咀嚼每一句歌詞，從前的他們，這時都一併回來找我。

他們可能愛過我，我亦可能愛過他們，又或者他們完全不愛我這個人，只愛我的身體，可是那都不要緊，經過這許多年，沒有他們，陪我走過那條迂迴曲折的道路，一個接一個，我又怎能來到這裡？

我記得九四年初夏，在戲院門外微風吹上 Kelvin 的臉頰上的風景，和在貝澳度假屋中他與阿傑親吻的表情；

我記得九九年冬天，Kelvin 告訴我買了一間房子時的興奮神情，與在醫院裡見到我的友伴時一臉不自在的樣子；

我記得二千年秋天，在 Babylon Sauna 中初遇 Kelvin 時那種心跳回憶，和收不到他電郵時的失落感覺；

我記得零三年夏天，Kelvin 用力安慰我不要哭泣的溫暖，與在床上一言不發的冷漠空氣。

過去的這些愛情，或者來得太早，又或者來得太晚，有的時間不對，有的地方不對，我們都來不及等到後來，「後來 ／ 我總算學會了 ／ 如何去愛 ／ 可惜你 ／ 早已遠去 ／ 消失在人海 ／ 後來 ／終於在眼淚中明白 ／ 有些人 ／ 一旦錯過就不再」。

但願你們一切安好。

「怎麼哭了？」Kelvin 頭半濕，坐到我身邊，手抱著我説。

看著他，我明白我要的是有一個人，無論我錯了甚麼，他也願意告訴我真相；儘管如何生氣，他仍願意站在那兒，生著氣地看著我，等我。

我們吻了好久，他才説：「夜了，快去洗澡。」

洗好澡出來，Kelvin 從廚房捧出一碗東西來：「餓嗎？快吃！」是今天下午 Leisha 女朋友 Bett 拿來的自家製湯圓：「她們説，新居入伙，除了要煲水，還要吃湯圓。」

「過了十二點，算是第二天，還有功力嗎？」

「大概有吧！管他，天冷，很快肚餓，來，吃一顆。」Kelvin 把一顆白白圓圓的湯圓舀到湯匙上，薑湯的氣味在空氣中飄散。

看著 Kelvin，我「嘩！」的一聲輕呼。

「怎樣了？」

「不……，嘩！I've a boyfriend ！」我竟想起《Ally McBeal》（艾莉的異想世界）裡 Ally 説過的一句對白。

然而我有的比 Ally 多。

我再抬頭看看這地方：「嘩！我有一個男朋友，我……還有一個家！」

他靦腆地笑著，看得見那不齊整的牙齒，口裡催促我：「快吃！湯圓冷了不好吃。」

Kelvin 把湯圓餵到我口中。

我説：「多謝！」

他説：「不用客氣！」

這顆湯圓，豆沙餡，又香又甜，定必要 Bett 再做一次。

●

最後，我上網登了這個問題：

「你還相信世上有真愛嗎？」

這是網友們的看法：

真愛是履行教堂裡的誓言：我將永遠愛護你，保護你，直到我生命的最後一天。我愛你的所有的優點，缺點，也正如我呈現給你，也是一個優點和缺點的綜合體。我會在「你」需要的時候，「毫不猶豫」地向你伸出我的援助之手。如果「我需要幫助」我也會求助於你。我「選擇了你」是與我共度今生的人，執子之手，與子偕老。……讀完後你還相信嗎？——有夢畢竟比較美！

—— 紹宏，26 歲，理髮師。與一有婦之夫一起五年有多，典型雙魚＋水瓶，希望每一年到不一樣的城市生活「寫經歷出書」至老死。

其實誰人可以證明他就是你的真愛呢？只要我說是他，他就是真愛了。

—— DONALD LILI，80 後，正職講是非及評頭論足，副業室內設計師，愛張國榮、愛梅艷芳、愛狄娜、愛男人，現跟真愛在精神戀愛中！

有，不過應該都是當一段感情的高峰期或結束了後回頭望才看到吧！

——呀美，男，14 歲，中學生。從未拍過拖，但對愛情有獨特看法，嘗試多次暗戀別人，也

嘗試過表白，但最終以宣告失敗收場，現在也正在尋找初戀。

我信！只是很多人不懂得去愛，或者愛的方式錯了。世界並不缺少愛。而且，現在人類的愛都簡直氾濫了，寧願愛動物都不愛人。So，這就是我們現在的世界。

—— Amy。22。學生。單身。希望世界末日來得快點。

真愛，應該還有的，只是它不會跟隨一輩子。

兩個人由相識到熱戀的時候真愛就會出現，那種甜蜜與朝思夜想的感覺就正正是真愛的表現！只是它比較脆弱，只要有少少裂縫就足以破損它，而每個人的生命中總會有這一點點的裂縫。

—— Silver，23 歲，設計師，單身〔但身邊的人一個又一個穿插在生活當中〕。

這一刻我想靜下來，找一個我愛的人。怎麼我喜歡的人都不愛我？只有那些我不喜歡的人靠近我？

可能起初你是相信的，但過了一段時間，加上個人的歷練，你仍敢相信嗎？我會斬

釘截鐵地告訴你：不信！

活了差不多五十個年頭，都沒有愛戀過。死罪的原因：不夠帥氣及結實的肌肉欠奉。
——原來這才是真愛的源頭！

—— 老日田力，邁向半百，職業：呼子。

從沒愛戀過。世上當然有真愛，就是真愛自己。尋尋覓覓還不就是要找一個對的人
來讓自己幸福快樂？為對方無私奉獻是因為看到對方快樂，自己更快樂。對方變心
了，有人以自殺來捍衛尊嚴，這也是真愛自己最後的表現：把遺憾留給活著的人！

—— 陳捷昇，41歲，有11年穩定關係，希望改變世界，卻改變不了自己的天秤天蠍。

「真愛」不過是情侶間熱戀中的能量，始終會隨著時間的流逝變成另一種愛的情感！

—— 尚，七十尾後剛踏入3字頭，醫護工作人員，現在獨身。

在夢境裡，真愛還存在。在現實裡，真愛很遙遠。

在同志圈裡，真愛更難求。表面恩愛的戀人，背後各懷鬼胎。一段早已達成共識的
戀愛，遵照特有家規——吃後懂得抹嘴，爽後記得回家的特別宗旨來維持一段長久
戀愛，變成現今同志圈裡的「真愛」真諦？

—— Eric Chong

我始終覺得真愛是一種信仰，它是必然存在的，失去了這種信仰，人生的整個架構肯定會有一角坍塌。真愛一定存在，或許尚未遇到，或許被別的蒙蔽了眼睛，不管對現實再絕望再失望，只要心存信仰，漫漫人生路，一定得到的。

—— Lafino，27 歲，單身，職員；願望是賺足夠的錢，將來能維持一個彩虹老人院。

我當然相信世界上還有真愛啦！

我爸爸媽媽結婚 30 多年，現在仍是那樣深愛對方 (出街都還會拖手！)。不過，信還信，我覺得自己不會遇到 (但仍存有少少幻想)。

—— 雀屎，未到 30 歲，單身，公司呀四，希望嫁個愛我又俾好多自由我既有錢人，呵——呵……！

「一個 90 歲的伯伯，每天拖著 80 多歲，患有老人痴呆症太太的手，一步一步的，走到街市買菜，到公園散步，每天如是，風雨不改……」

「一對結婚不到 2 年的朋友，突然離了婚，還變了仇人，每天折磨於如何傷害對方和報仇的日子裡」……身邊太多這些互相矛盾著的故事，到這一刻為止，問我還相信世上有真愛嗎？我會信，但我暫時未信自己會遇到……

—— May，27 歲，「我從未拍過拖，恐怖吧？」

我相信、我願意相信。

我沒有談過戀愛，但在生活中我都能夠發現人與人之間會流露出愛，而愛會轉化為不同的形式傳遞出去。真愛不一定要經常黏在一起、互送禮物或不停說我愛你。相對而言，兩人可能不在對方身邊，心卻連在一起。我不單相信世上仍有真愛，更會save the best for the last!

—— 靜觀其變，四十歲，暗戀高手，將自己所有的時間全投放在工作上及進修上，原因是逃避家人或朋友追問戀愛狀況。

講和做都不難，只是他肯與不肯做而已。

—— Wingo，單身港女，又如何！覺得上帝已經對自己不薄，有機會實踐自己的理想！珍惜自己和以自己為榮。

獨身

突然

葉志偉 著

感動最多香港同志的枕邊小說
台灣推出好評口碑不斷
全新舞台劇版封面
2013華麗再登場

知名音樂人
林一峰
量身打造同名主題曲〈Suddenly Single〉

作家
王盛弘、孫梓評、陳俊志

同位素電子報主編
貝爾傑

大力推薦

跟一個沒有做錯事、但你不愛的人分手，很容易；
但是要跟一個做了很多錯事，你卻很愛的人說分手，
就——很難了。

王穎天（Linus），29歲，無意間撞破同居七年男友的「好事」，毅然決定分手。但一段關係的終結不像上網，一個click就能切斷所有關係。從打算分手→嘗試分手→落實分手→分不了手……六個多月的糾纏／矛盾／掙扎／療癒，他最終的決定會是……？

體溫相近的緣故，讀著《突然獨身》感觸特別多……可能，最大的關鍵，整本書談的是相信與背叛吧。再讀這個故事，有兩處我還是流淚了。——孫梓評（作家）

《突然獨身》裡浪漫的、迷人的字句，流暢的說了一個關於失戀的愛情故事……我一口氣讀完小說，然後慶幸：這只是一本過癮的小說。——貝爾傑（【同位素】電子報主編）

國家圖書館出版品預行編目資料

我和我的5個Kelvin / 葉志偉著. -- 初版. -- 臺北市：
基本書坊出版，2012.03-2012.12
2冊；14.5*20公分. -- (G+系列；B016,B017)
ISBN 978-986-6474-30-9(上冊：平裝). --
ISBN 978-986-6474-38-5(下冊：平裝)
857.7   101002194

G+系列 編號B017

我和我的5個Kelvin 下

葉志偉 著

| 責任編輯 | 邵祺邁 | | |
| 視覺構成 | Winder Design | | |

企劃・製作　基本書坊

編輯總監	邵祺邁	首席智庫	游格雷
業務主任	蔡小龍	行銷企劃	小小海
系統工程	登山豪		
通訊	11099台北郵局78-180號信箱		
官網	gbookstaiwan.blogspot.com		
E-mail	PR@gbookstw.com		
劃撥帳號	50142942	戶名	基本書坊

總經銷	紅螞蟻圖書有限公司
地址	114 台北市內湖區舊宗路2段121巷19號
電話	02-27953656
傳真	02-27954100

2013年1月25日 初版一刷

定價　新台幣280元

ISBN 978-986-6474-38-5